LES GRANDS CLA

LES JOYEUSES AVENTURES DE
ROBIN DES BOIS

Howard Pyle

**adaptation de
Deborah Kestel**

**traduite par
Cécile Poulolo**

**illustrations de
Pablo Marcos Studio**

EDITIONS ABC

DIVISION PAYETTE & SIMMS INC.

LES GRANDS CLASSIQUES ILLUSTRES

collection dirigée par
Malvina G. Vogel

EDITIONS ABC

Division Payette & Simms Inc.

SAINT-LAMBERT (Québec) CANADA

Table des matières

Quelques mots sur l'auteur

Howard Pyle est né à Wilmington, dans l'Etat du Delaware, en 1853. Après ses études secondaires, il s'inscrit dans une école des beaux-arts, puis il travaille dans le magasin de cuir de son père. Il revient bientôt à son activité de prédilection: l'illustration, et ouvre une école pour les jeunes artistes.

Pyle aime créer des univers particuliers où tout est possible. Il les appelle "les contrées de la fantaisie ou de l'imagination". Parfois, c'est au pinceau qu'il met ces mondes en images, ou bien c'est sa plume qui rédige des histoires. Ce sont des aventures de pirates en haute mer, des récits colorés de la vie coloniale américaine, ou des légendes de chevalerie.

Dans les *Joyeuses Aventures de Robin des Bois,* Pyle nous invite à pénétrer dans l'un de ces mondes imaginaires. Les nombreuses histoires de Robin des Bois proviennent de chansons et de ballades médiévales. A l'origine, c'étaient des chants mis en musique à la harpe. Avec le temps, ces chansons devinrent des histoires, que les conteurs du passé portaient dans leur mémoire.

Howard Pyle a rassemblé ces contes anciens et les a récrits à sa manière, afin que chacun, n'importe où, n'importe quand, puisse ouvrir un livre et avoir accès à l'un des univers qu'il aimait le mieux.

Les personnages dont vous allez faire la connaissance

ROBIN DES BOIS, *le courageux hors-la-loi de la forêt de Sherwood*

WILL STUTELY
PETIT JEAN
DAVID DE DONCASTER
ARTHUR LE DOUX
WILL LE ROUGE
ALLAN DU VALLON
MIDGE LE MEUNIER
WAT LE RETAMEUR

} *les joyeux compagnons de Robin*

FRERE TUCK, *le moine de l'Abbaye de la Fontaine*

LA BELLE ELLEN, *la jeune fille aimée par Allan*

LE SHERIF DE NOTTINGHAM

L'EVEQUE DE HEREFORD
} *les ennemis de Robin*

GUY DE GISBOURNE, *un diabolique voleur
et meurtrier*

SIR RICHARD DE LEA, *un chevalier*

SIR HENRY DE LEA, *son fils*

LE ROI HENRY

LA REINE ELEONORE
} *les souverains
d'Angleterre*

RICHARD PARTINGTON, *le page de la Reine*

LE ROI RICHARD, *successeur d'Henry au
trône d'Angleterre*

La PRIEURE, *diabolique cousine de Robin*

Robin et ses joyeux compagnons

Chapitre 1

Comment Robin des Bois devient un hors-la-loi

Dans la bienheureuse Angleterre d'autrefois, lorsque le bon roi Henri régnait sur le pays, vivait, dans les vertes clairières de la forêt de Sherwood, près de Nottingham, un hors-la-loi célèbre du nom de Robin des Bois. Jamais personne n'égala son adresse à décocher une flèche, et jamais troupe de cavaliers ne valut sa joyeuse bande de cent cinquante hommes. Tous étaient des hors-la-loi; pourtant le peuple des campagnes les aimait, car de tous ceux qui sollicitaient l'aide de l'aimable Robin, pas un ne repartait Gros-Jean comme devant. Mais Robin n'avait pas toujours été un hors-la-loi. Cette histoire va raconter comment il le devint.

Alors que Robin avait dix-huit ans, qu'il était fort et hardi, le Shérif de Nottingham fit annoncer qu'il organisait un concours de tir à l'arc. Le meilleur tir serait récompensé d'un gros tonneau de bière. Quand Robin eut vent de ce concours, il s'exclama: —J'irai moi aussi tendre mon arc pour gagner le tonneau de bière et le sourire de la jeune Marion.

C'était en mai, et la prairie était couverte de fleurs. Les pommiers étaient en boutons, on entendait dans les haies le coucou et l'alouette. L'air était doux, et Robin sifflotait en pensant à la jeune Marion. Alors qu'il traversait la forêt à l'aube, il tomba soudain sur une quinzaine de gardes-chasses du Roi, assis à l'ombre d'un grand chêne. Chacun d'eux était vêtu de ce vert vif qu'on appelle le vert Lincoln. Ils formaient un joli spectacle, festoyant de pâtés de

Robin voit les gardes-forestiers du Roi.

viande et de bière mousseuse. L'un d'eux, bouche pleine, apostropha Robin: —Holà, où vas-tu de ce pas, garçon, avec ton arc et tes flèches?

Quand Robin eut répondu qu'il était en route pour le concours de Nottingham, ils se mirent à rire bruyamment, le traitant de jeune vaniteux, et l'avertissant qu'il n'avait aucune chance de gagner.

Robin en fut rempli de colère, car aucun garçon n'aime à être raillé. Il paria hardiment qu'il pouvait abattre le plus beau cerf d'un troupeau qui paissait à plus de cent pas de là. Il saisit son arc, bon et solide, taillé dans le bois d'if, et le calant sous son pied, il le banda. Il ajusta une large flèche et leva l'arc, ramenant la flèche grise, terminée par une plume d'oie, derrière sa tête. L'instant d'après, la corde vibra, et la flèche fendit l'air, tel un faucon dans le vent, tuant la bête sur le coup.

—Alors, s'écria Robin, le poing sur la hanche, que pensez-vous de ce tir, mes braves?

Robin visant un troupeau de cerfs

Tous les gardes-chasses écumaient de rage parce qu'ils avaient perdu leur pari. De plus, Robin venait de tuer l'un des cerfs royaux confiés à leur surveillance. Comme ils restaient muets, Robin les toisa, tourna les talons, et s'éloigna. Son cœur débordait d'amertume et de colère. Ils s'étaient moqués de lui, n'avaient pas respecté leur pari.

L' affaire en serait restée là, si l'homme qui avait le premier apostrophé Robin l'avait laissé aller en paix; mais il était saoul et enrageait d'avoir perdu. Brusquement, il sauta sur ses pieds et décocha une flèche qui siffla aux oreilles de Robin et passa à deux doigts de sa tête. Robin fit volte-face et cria: —Tu disais que je ne savais pas tirer? Répète-le pour voir.

Alors il tira à son tour, et le garde s'affaissa dans un cri. Avant que ses compagnons n'aient pu réagir, la forêt l'avait englouti. Pendant qu'il fuyait à travers bois, la joie et la gaîté désertaient son cœur. Robin était plein de tristesse parce qu'il venait de tuer un homme.

Une flèche siffle aux oreilles de Robin.

Et c'est ainsi qu'il trouva refuge dans la forêt où il allait demeurer dorénavant, puisqu'il était devenu un hors-la-loi. Le Shérif de Nottingham jura qu'il traînerait Robin devant la justice, non seulement pour les deux cents livres offertes à celui qui le capturerait, mais aussi parce que le garde tué par Robin lui était apparenté.

Robin resta caché dans la forêt de Sherwood pendant un an, attirant à lui bien d'autres hors-la-loi dans sa situation. Certains étaient recherchés pour avoir chassé les cerfs du Roi, quand l'hiver était froid et que la nourriture manquait; d'autres avaient payé de si lourds impôts qu'il ne leur était plus resté de quoi vivre; d'autres encore avaient été chassés de leur ferme pour que le Roi pût agrandir son domaine. Tous avaient dû échapper aux mauvais traitements infligés au nom du Roi.

Durant cette année-là, plus d'une centaine de compagnons s'assemblèrent autour de Robin des Bois, et firent de lui leur chef. Ils

Robin trouve refuge dans la forêt.

saisissaient toutes les occasions de dépouiller les riches qui avaient causé leur ruine. Au peuple miséreux, ils tendaient une main secourable, lui rendant l'argent qu'on lui avait volé. Les gens savaient qu'ils n'avaient rien à craindre de Robin et de sa bande de hors-la-loi, si bien qu'ils commencèrent à raconter maintes histoires sur les joyeux compagnons de la forêt de Sherwood. Ce sont ces histoires que vous allez lire.

Des histoires sur les compagnons.

La toilette au bord du ruisseau

Chapitre 2

Robin des Bois rencontre Petit Jean

Robin des Bois et sa bande s'éveillèrent un matin, au chant des oiseaux dans le feuillage. Chacun se frotta le visage et les mains dans l'eau froide et trouble d'un ruisseau qui courait gaîment de rocher en rocher.

Puis Robin prit la parole: —Aujourd'hui, je pars à l'aventure. Attendez ici dans les bois, mes joyeux compagnons. Je soufflerai trois fois dans mon cor si j'ai besoin d'aide. Dans ce cas, venez vite.

Il marcha jusqu'à l'orée de Sherwood, et

flâna longtemps ici et là. Il rencontra bien des gens: une jolie femme, un moine rebondi, un vaillant chevalier, une jeune fille bien en chair; mais point d'aventure.

Ses pas le menèrent enfin à un pont étroit, fait d'un tronc jeté au-dessus d'un ruisseau caillouteux, et qu'on ne pouvait traverser à deux. Puis il vit s'approcher de l'autre côté un étranger de haute taille. Chacun accéléra le pas, pour traverser le premier.

—Allons, recule, cria Robin, fais place au meilleur!

—Alors c'est toi qui vas reculer, car je suis le meilleur! Robin et l'étranger se défièrent du regard. Robin était grand, mais l'homme le dépassait d'une tête, car il mesurait bien six pieds. Il était aussi bien plus corpulent. Mais il ne fallut pas longtemps à Robin pour le provoquer au bâton. Le premier à tomber finirait dans l'eau.

—Ce sera un plaisir d'attendre que tu te tailles un bâton, reprit l'étranger en riant; et

Robin défie le robuste étranger.

il fit siffler le sien dans l'air au-dessus de sa tête.

Les chevaliers de la Table Ronde n'ont certainement jamais assisté à plus fier combat que celui-là. Robin et son adversaire se tinrent tête plus d'une heure sur le pont, donnant et recevant bien des coups avant que n'apparaissent ici ou là des bleus et des blessures. Ils s'émerveillaient mutuellement de leur force. Puis d'un coup sec, l'étranger frappa Robin à la tête. Celui-ci perdit patience, et se jeta de toutes ses forces sur lui. Mais l'autre lui fit perdre l'équilibre, et il tomba la tête la première dans le ruisseau.

—Eh bien, mon brave, où es-tu donc maintenant? s'écria l'étranger victorieux en s'étranglant de rire.

—Oh, je vais au gré du courant, répondit Robin, riant de lui-même.

Il regagna la rive, dispersant les petits poissons par ses mouvements. Puis il porta son cor à ses lèvres; le son résonna doucement sur les

"Eh bien, mon brave, où es-tu donc?"

chemins forestiers.

—Je dois avouer que tu as l'âme courageuse, et le bras solide, dit Robin.

—Et toi, répondit l'étranger, tu t'es battu bravement.

Bientôt, les branches et les fourrés frémirent, et vingt ou trente des plus forts compagnons de Robin, tous vêtus de leur uniforme couleur vert Lincoln, jaillirent de la forêt, conduits par Will Stutely.

En apprenant que cet étranger avait flanqué une correction à leur chef, ils voulurent le traiter de même. Mais l'homme était si fort qu'il leur fit front, et que plus d'un eut la tête meurtrie dans leur tentative de venger leur chef.

Robin proposa à l'étranger de se joindre à sa bande, et celui-ci répondit: —Si un seul d'entre vous tire à l'arc mieux que moi, alors peut-être.

Il choisit l'arc le plus solide, placé tout près de celui de Robin, et décocha une flèche qui

Les compagnons défendent leur chef.

vola si droit qu'elle alla se ficher exactement au centre de la marque faite sur un chêne, à soixante-dix mètres de là. Les hommes de Robin ne purent se retenir d'applaudir après un si beau tir.

—Alors? dit l'étranger. Faites mieux si vous pouvez.

Robin prit son arc, et tira avec la plus grande adresse. La flèche fila droit, et fit voler en éclats celle de l'étranger.

Fiers du tir de leur chef, les compagnons bondirent sur leurs pieds, agitant leurs chapeaux et poussant des hourras.

—Ça, c'est un tir, pour sûr! s'écria l'étranger. Maintenant, je suis des vôtres. On m'appelle Jean Petit.

Alors Will Stutely, qui aimait plaisanter, prit la parole: —Non, étranger, ton nom ne me plaît pas, je vais le changer. Tu es si petit, si fragile que je crois que je vais t'appeler Petit Jean.

Sur ces mots, Will vida un pot de bière sur

"Ça, c'est un tir, pour sûr!"

la tête de l'étranger, et le baptisa Petit Jean, sous les rires de Robin et de toute sa bande. D'abord, Petit Jean eut un mouvement de colère mais il vit bientôt qu'il ne pouvait se fâcher alors que les autres étaient si gais. Alors il rit de concert avec eux. Puis Robin l'habilla des pieds à la tête en vert Lincoln, et lui remit un bon arc en bois d'if. Petit Jean faisait maintenant partie de la joyeuse bande.

Will Stutely baptise Petit Jean.

Le shérif remplit le mandat d'arrêt.

Chapitre 3

Le retameur se joint à la bande de Robin

Le Shérif de Nottingham s'était juré de capturer Robin des Bois, et de toucher les deux cents écus de récompense. Mais il ignorait tout de sa bande. Il pensait qu'il suffirait de lancer contre lui un mandat d'arrêt—comme pour n'importe quel hors-la-loi—et qu'il obtiendrait l'aide des citoyens de la ville.

Mais les habitants de Nottingham connaissaient Robin et ses bienfaits, et beaucoup trouvèrent amusante l'idée de tendre un mandat à ce brave hors-la-loi. Ils savaient qu'il n'y aurait que des bleus à récolter; aussi personne ne proposa d'aller porter le mandat en question.

Après son échec à Nottingham, le Shérif envoya un messager à Banbury. Celui-ci y dénicha un individu aux cheveux en broussaille, rétameur de son état, qui pensait pouvoir capturer facilement ce gueux de Robin des Bois.

Par une claire matinée, peu après ces événements, Robin prit le chemin de Nottingham pour aller aux nouvelles. Il avançait gaîment, laissant errer ses pensées. Son cor reposait sur sa hanche; son arc et ses flèches pendaient dans son dos. Il tenait à la main un bâton en chêne qu'il faisait rouler entre ses doigts tout en flânant.

Comme il suivait un sentier ombragé, il vit s'approcher un rétameur, avec son sac et son marteau accrochés au dos. Il s'appuyait sur un long bâton, et chantait d'une voix puissante.

Robin le salua, et bientôt tous deux cheminaient vers l'auberge du Sanglier Bleu, pour

Le rétameur chemine en chantant.

s'y désaltérer d'une bière brassée maison.

—Quelles sont les nouvelles, l'ami? demanda Robin; les rétameurs savent toujours plein d'histoires.

—J'ai une mission qui réclame tous mes esprits: je cherche un hardi hors-la-loi nommé Robin des Bois. J'ai dans mon sac un mandat portant le sceau rouge du Shérif. Tu connais ce Robin des Bois?

—Je l'ai vu justement ce matin, répondit l'intéressé. Mais on le dit rusé comme un renard. Sois prudent, rétameur, il pourrait bien te voler ton mandat jusque dans ton sac.

—Il est peut-être rusé, mais moi aussi, répondit le rétameur. A quoi ressemble-t-il, dis?

—A moi, il a mon âge, mon poids, ma corpulence; des yeux bleus comme les miens aussi. Et Robin lui fit un clin d'œil.

—Je croyais que c'était un grand homme barbu, s'étonna le rétameur.

—Pas tant que cela, mais on le dit bon com-

"Les rétameurs savent plein d'histoires."

battant.

Sur ces mots, ils entrèrent à l'auberge. Il n'y avait pas de lieu plus agréable que celui-là, offrant ombre et fraîcheur en été, confort et bonne compagnie en hiver. Elle était bien connue de Robin et de sa bande. Lui et Petit Jean, Will Stutely, ou le jeune David de Doncaster s'y rendaient souvent quand la neige recouvrait la forêt.

L'aubergiste savait garder le silence, et quand Robin et le rétameur entrèrent, il ne fit aucun signe susceptible de trahir Robin. Celui-ci s'assura que l'homme boive abondamment, tandis que lui faisait seulement semblant. D'abord, le rétameur chanta, puis sa tête commença à dodeliner; il finit par s'endormir. Alors Robin éclata de rire; puis il prit rapidement le mandat et disparut.

Le lendemain, les deux hommes se trouvèrent brusquement face à face à un tournant de la route.

—Bonjour, mon bel oiseau, dit Robin.

Robin vole le mandat d'arrêt.

Le rétameur avait l'air menaçant. Non seulement il avait payé l'addition pour la bière, mais il savait maintenant que Robin des Bois en personne s'était joué de lui. Il cracha dans ses mains, et s'approcha en brandissant son bâton.

Robin était rapide et souple comme un chat; mais son bâton se brisa sous les coups puissants de son adversaire. Il saisit son cor, il en sortit trois sons clairs et prolongés.

—Souffle si tu veux, dit le rétameur, tu m'accompagneras chez le Shérif.

Mais Petit Jean et six robustes compagnons apparurent:

—Pourquoi notre chef souffle-t-il si fort dans son cor? s'écria Petit Jean

—Ce rétameur pensait m'emmener pendre à Nottingham!

—C'est plutôt lui qu'on pendra, répondit Petit Jean; et il commença à lier les mains du prisonnier avec la corde de son arc.

—Non, dit Robin retenant son bras, c'est un

40

Les coups puissants du rétameur

brave homme, et il est courageux. De plus, il chante une jolie ballade. Il regarda le rétameur et lui demanda:

—Veux-tu te joindre à mes hommes? Tu auras trois costumes vert Lincoln, et quarante marks par an.

Le rétameur dit oui à la vie joyeuse, et ils repartirent tous vers les profondeurs de la forêt, où le rétameur allait vivre désormais, et chanter des ballades pour la bande de Robin.

Robin arrête Petit Jean.

Le Shérif fait des plans.

Chapitre 4

Le concours de tir
de Nottingham

Le Shérif enrageait d'avoir échoué. Il jura qu'il ferait pendre le rétameur pour trahison si jamais il l'attrapait. Il ne parlait plus à personne, et plus personne n'osait lui parler, car il passait toutes ses journées seul, à songer à un plan de capture. Il finit par en trouver un qui ne pouvait échouer.

Il décida de faire annoncer un grand concours de tir, et d'offrir un prix d'une telle valeur que Robin, par témérité, prendrait le risque de s'aventurer parmi ses soldats pour montrer son adresse. Il comptait l'arrêter avant qu'il n'ait pu s'échapper.

Le Shérif envoya donc des messagers d'ouest en est, du sud au nord, pour annoncer le concours. Le prix en serait une flèche d'or pur.

C'est Robin qui apprit le premier la nouvelle dans la ville de Lincoln. Il se hâta de retourner dans la forêt de Sherwood, et convoqua ses hommes:

—Notre ami le Shérif a annoncé un concours de tir, et j'aimerais que l'un d'entre nous gagne la flèche d'or. Qu'en dites-vous, mes amis?

Le jeune David prit la parole: —Je reviens de chez notre ami Eadom, de l'auberge du Sanglier Bleu. Il dit que ce coquin de Shérif va te tendre un piège pendant le concours de tir. Alors n'y va pas Robin, je sais qu'il te veut du mal.

—Allons, répondit Robin, ouvrez grand vos oreilles, et écoutez-moi, comme devrait le faire tout homme des bois sage et avisé. Non, mon

David de Doncaster avertit Robin.

brave David, le Shérif ne nous fait pas peur. Nous allons lui mettre des bâtons dans les roues. Quelques-uns vont s'habiller en moines, d'autres en rétameurs ou en mendiants. J'irai moi aussi tirer pour récolter cette flèche d'or, et si je gagne, nous l'accrocherons au grand arbre vert.

Le jour du concours de Nottingham, les rubans, les couronnes de fleurs, les bannières de soie, les cloches voisinaient avec la bière, les tentes, et les charrettes pleines de victuailles. Depuis l'endroit où il était assis, le Shérif se penchait en avant, cherchant Robin des Bois parmi les archers. Mais personne ne portait ce vert Lincoln si caractéristique.

Après les deux premiers tours, de tous les archers adroits et réputés assemblés ce jour-là, il n'en restait plus que trois: Gill au Chapeau rouge, Adam du Val, et un étranger loqueteux, déguenillé, vêtu de rouge, un œil couvert d'un bandeau.

Lui seulement avait la taille et la corpulence

Le jour du concours de tir

de Robin des Bois. Mais sa barbe et ses cheveux étaient bruns, tandis que Robin était blond, et il lui manquait un œil.

Les gens commencèrent par rire quand l'étranger en haillons s'avança pour tirer, parce qu'un homme privé d'un œil ne pouvait assurément viser! Mais ils restèrent muets lorsque la flèche vola si droit qu'elle se planta au centre de la cible.

—Quel est ton nom? demanda le Shérif, au moment de lui remettre la flèche d'or.

—On m'appelle Jack Teviotdale, répondit l'étranger.

—Je crois que tu tires mieux que ce couard de Robin des Bois qui n'a pas osé venir aujourd'hui. Veux-tu entrer à mon service?

—Non, répondit l'homme, je ne veux pas obéir à un maître.

Une étrange compagnie se rassembla autour du grand arbre vert de Sherwood ce soir-là. Parmi des rétameurs, des moines, des mendiants, des paysans, il y avait un homme vêtu

Robin remporte la flèche d'or.

de haillons rouges, avec un bandeau sur l'œil. Il tenait à la main une flèche d'or. Tandis que les autres bavardaient et plaisantaient, il arracha bandeau et haillons, et apparut tout de vert Lincoln vêtu.

—Ces vêtements s'enlèvent aisément, dit-il, mais cette teinture de noix me collera un moment aux cheveux!

Car c'était évidemment Robin lui-même qui avait reçu le prix des mains du Shérif. Après la fête, il prit Petit Jean à part:

—Il me déplaît que le Shérif me prenne pour un lâche.

Petit Jean lui fit un clin d'œil et répondit: — Will Stutely et moi allons bientôt faire une surprise à ce gros Shérif!

Le festin qui se tenait dans la grande salle du château fut interrompu par une flèche qui, traversant soudain la pièce, vint se ficher au milieu de la vaisselle. Un fin rouleau y était noué. L'un des hommes du Shérif retira la flèche de la table, défit le rouleau, et lut ces

Robin a dupé le Shérif.

mots:

QUE LE CIEL BENISSE VOTRE GRACE EN CE JOUR, DISENT TOUS LES HOMMES DE LA FORET DE SHERWOOD, CAR C'EST A ROBIN DES BOIS QU'ELLE VIENT DE REMETTRE LE PRIX.

—D'où vient ceci? hurla le Shérif en furie.

—C'est entré par la fenêtre, votre Grâce, répondit le serviteur.

Un message de la part de Robin des Bois

Les hommes du Shérif cherchent Robin.

Chapitre 5

Une délivrance audacieuse

Quand le Shérif eut échoué à attraper Robin par la loi et la ruse, il essaya la force. Il envoya trois cents hommes dans la forêt de Sherwood avec ordre de capturer le hors-la-loi, mort ou vif, contre une récompense de cent livres en argent. Quand Robin eut vent de ce projet, il dit: —La violence amène le sang. J'ai tué un homme un jour, et je ne veux pas avoir à recommencer. Sa bande resta donc cachée dans les profondeurs de la forêt pendant sept jours. Et pendant sept jours, les soldats parcoururent les clairières, sans apercevoir un seul compagnon.

Tôt le matin du huitième jour, Robin leur dit: —Qui veut aller voir où en sont les hommes du Shérif? Tous étaient volontaires, mais Robin choisit Will Stutely, le plus rusé des renards de Sherwood selon lui.

Will enfila une robe de moine, sous laquelle il dissimula une longue épée. Tout en faisant route vers l'auberge du Sanglier Bleu, il se disait: —Le brave Eadom me donnera des nouvelles.

A l'auberge, des hommes du Shérif étaient attablés, buvant bruyamment.

Sans prononcer une parole, car il craignait que l'on reconnût sa voix, il s'assit dans un coin, attendant que l'aubergiste fût seul pour lui parler. Pendant ce temps, un gros chat domestique se frotta contre son genou, découvrant légèrement sa robe. Stutely la rabattit précipitamment, mais l'un des hommes du Shérif avait eu le temps d'apercevoir le vert

Will Stutely épie les hommes du Shérif.

sous l'habit.

Cependant, Robin des Bois, appuyé contre le grand arbre vert pensait à Will, et à sa mission, quand il vit s'approcher deux de ses hommes, qui dévalaient le sentier en courant, avec Maken, la fille de l'aubergiste.

—Will Stutely a été capturé, cria-t-elle, et j'ai peur qu'il ne soit gravement blessé. Ils disent qu'on va le pendre demain à Nottingham.

—C'est ce qu'on verra, répondit Robin. Il souffla trois fois dans son cor. —Demain, je ramènerai Will, ou je mourrai avec lui. Et toute la bande acquiesça.

Le jour suivant, ils prirent tous la route; ils empruntèrent différents chemins, pour se rejoindre dans un vallon à la sortie de Nottingham. Robin envoya le jeune David découvrir le lieu et l'heure de la pendaison.

Puis il rassembla sa bande et dit: —Nous descendons droit à la ville où nous nous mêlerons aux gens. Restez en vue les uns des autres. Ne frappez que par nécessité, mais

La fille de l'aubergiste apporte des nouvelles.

dans ce cas, frappez dur. Ensuite, restez ensemble jusqu'à ce que nous retournions à Sherwood. Que personne n'abandonne ses compagnons.

Il y avait une grande agitation à Nottingham ce jour-là et la foule emplissait les rues; on savait que le fameux Will Stutely allait être pendu.

Un chariot, dans lequel Will Stutely était attaché, avançait au milieu de la garde du Shérif. Son visage était pâle, et le sang de ses blessures poissait ses cheveux. Tandis qu'il passait, son regard parcourait la foule. Il voyait des visages apitoyés, et d'autres amicaux. Mais ne reconnaissant personne, il baissa les yeux. Il se remémorait la forêt, les chevreuils sauvages, et le rire de ses amis. Sentant s'approcher le souffle lugubre de la mort, il baissa la tête.

Soudain, il y eut de l'agitation et du bruit: un homme tentait de pousser l'un des gardes pour atteindre le chariot. Will Stutely recon-

On va pendre Will Stutely!

nut Petit Jean; son cœur bondit dans sa poitrine car de tous côtés apparaissaient les hommes de Robin.

Petit Jean frappa un garde à la tête, et sauta dans le chariot.

—Tu ne nous quitteras pas sans dire au revoir, Will Stutely, dit-il en tranchant ses liens.

Des épées étincelèrent au soleil levant, et une vingtaine de flèches siffla dans les airs. Le Shérif se précipita sur Petit Jean, mais il esquiva rapidement un coup qui passa au-dessus de sa tête sans le blesser. Robin des Bois et sa bande repoussèrent les gardes, lâchant un essaim de flèches à mesure qu'ils se retiraient.

—Reste, cria Will Stutely au Shérif, tu n'attraperas jamais le brave Robin des Bois si tu ne fais pas front.

Puis Will Stutely se tourna vers Petit Jean, et des larmes coulèrent de ses yeux. —Mes bons amis, je pensais vous revoir seulement au ciel, dit-il. Petit Jean ne put répondre, il pleu-

Petit Jean sauve Will.

rait lui aussi.

Alors Robin rassembla sa bande et entourant Will Stutely, ils reprirent lentement le chemin de Sherwood. Mais ils laissèrent derrière eux dix hommes du Shérif blessés, gisant sur le sol.

Le Shérif essaya donc trois fois de s'emparer de Robin des Bois, et trois fois, il échoua: son mandat d'arrêt, son piège et son armée lancée dans Sherwood échouèrent.

Cette dernière tentative l'effraya, car il avait failli y laisser la vie. Alors il s'enferma des jours entiers dans son château, honteux de cette mésaventure.

Les hommes du Shérif gisant sur le sol.

Robin rencontre un boucher.

Chapitre 6

La vengeance de Robin des Bois

La bande vivait paisiblement dans la forêt depuis bientôt un an, tirant à l'arc, s'exerçant à la lutte et aux chansons gaies.

Mais Robin songeait souvent au moyen de rendre au Shérif la monnaie de sa pièce. Un jour, son impatience fut telle qu'il décida de se rendre à Nottingham, pour en trouver l'occasion.

Sur le chemin, il croisa un boucher en route pour le marché de Nottingham. Robin eut l'idée de pénétrer dans la ville sous un déguisement, et il acheta à l'homme son chariot, son cheval, ses vêtements et tout son chargement de viande pour six marks.

Au marché, il installa son étal, et vendit toute sa viande à bas prix. Quand une pauvre femme venait à lui, il ne demandait pas d'argent. Quand une fille souriante s'approchait, il réclamait seulement un baiser.

Aucun des autres bouchers ne vendit pour un sou de viande. Certains en étaient mécontents, mais la plupart pensaient que Robin étaient un plaisant garçon qui s'était enrichi, et voulait vivre joyeusement jusqu'à l'épuisement de sa fortune.

—Viens, compagnon, lui dit l'un des bouchers: aujourd'hui le Shérif a convié tous les membres de notre confrérie à festoyer avec lui.

Robin, enchanté, accepta aussitôt.

Dans la salle de la confrérie, le Shérif invita Robin à s'asseoir à ses côtés, sans le reconnaître sous son habit de boucher. Il était cupide, et espérait faire tomber un peu de l'argent

Le boucher le plus occupé de Nottingham.

de Robin dans son escarcelle. Pendant qu'on servait le dîner, le Shérif pria Robin de faire l'action de grâce. Celui-ci se leva et dit: —Que le ciel nous bénisse tous, et qu'il bénisse cette nourriture; et puissent tous les bouchers être aussi honnêtes que moi! A ces mots tous éclatèrent de rire et applaudirent.

Pendant le dîner, Robin taquina le Shérif, et plaisanta, riant sans cesse. Le Shérif voulait savoir à combien se montait la fortune de ce garçon audacieux.

—Mes frères et moi possédons plus de cinq cents chevreuils, mais nous n'avons pu nous résoudre à en vendre un seul, répondit Robin.

A ces mots, les yeux du Shérif brillèrent et il offrit à Robin trois cents livres pour son troupeau. Beaucoup parmi les bouchers maugréèrent, disant que c'était une misérable façon d'escroquer un pauvre jeune homme, parce que les chevreuils valaient bien sept cents livres.

Mais Robin avait un plan. Il accepta les trois

Robin s'apprête à dire l'action de grâce.

cents livres, et conclut avec le Shérif d'aller voir le troupeau le jour même.

A mesure que tous deux approchaient de Sherwood, le Shérif paraissait plus ennuyé. Il craignait la bande de hors-la-loi. Robin se mit à rire: —Ne vous inquiétez pas, dit-il, je connais bien Robin des Bois, et vous ne risquez pas plus avec lui qu'avec moi.

Dans les profondes clairières de la forêt, ils aperçurent un troupeau de chevreuils au pelage gris-brun. Le Shérif opina, puis fit mine de repartir car il se sentait vraiment mal à l'aise, mais Robin l'arrêta par la bride de son cheval.

—Restez, dit-il, vous n'avez pas fait la connaissance de mes frères. Ils ont eux aussi des chevreuils. Il souffla trois fois dans son cor, et bientôt, Petit Jean arriva accompagné d'une centaine d'hommes robustes.

—Prends la bride, Petit Jean, dit Robin, car le Shérif est venu aujourd'hui festoyer avec nous.

Le Shérif est mal à l'aise à Sherwood.

Celui-ci était au désespoir, car il savait quelle fête la bande réservait aux hommes riches. On épuisait joyeusement la nourriture et la bière, puis les hommes vidaient la bourse de leur invité. Or la bourse du Shérif contenait trois cents livres.

Il ne fut pas plus heureux quand on le mena au pied d'un chêne sous lequel on avait préparé le festin, car il vit accrochée la flèche d'or gagnée par Robin.

Bientôt pourtant le Shérif mangeait et encourageait de bon cœur les hommes qui s'affrontaient au tir à l'arc. Il ne se rendait pas compte qu'il acclamait ce même rétameur qu'il avait juré de faire pendre.

Le temps passa si gaîment qu'il pensa que Robin avait oublié sa bourse. Mais non! Car quand le soleil fut bas, que la lune apparut entre les arbres, Robin envoya Petit Jean compter l'argent. Puis il remercia le Shérif et le renvoya.

—Adieu, Sire, dit-il, et si jamais vous songez

Le Shérif applaudit les jeux.

encore à tromper un brave homme, souvenez-vous du festin de Sherwood.

Alors le Shérif regretta amèrement le jour où il avait croisé Robin des Bois. Il avait pensé tromper quelqu'un, mais il s'était pris à son propre piège. Autant il est vrai que bien des hommes sont ruinés par leur propre cupidité.

"Souvienez vous du festin de Sherwood."

Le temps des moissons en octobre

Chapitre 7

La foire de Nottingham

Le printemps et l'été étaient passés depuis longtemps, et le doux mois d'octobre venait d'arriver. On ramassait les pommes, on rentrait les moissons, l'air était frais. C'était l'époque de la grande foire qui se tenait tous les cinq ans dans la ville de Nottingham.

Le tir à l'arc en avait toujours été le divertissement principal, mais cette année-là, le Shérif hésitait à organiser un concours, craignant que Robin et sa bande n'y participent. Finalement, il décida d'offrir un prix dont ils

81

ne voudraient pas, deux gros bœufs.

Petit Jean, Will Stutely et le jeune David avaient appris la nouvelle à l'auberge du Sanglier Bleu. Petit Jean dit à Robin qu'il voulait y participer, mais celui-ci hésita: —Tu es mon bras droit, Petit Jean, et un homme solide, dit-il, même si tu es moins rusé que Will Stutely. Je ne pourrais supporter de te perdre.

—Je m'habillerai en rouge, je cacherai mes cheveux bruns sous une cagoule, et personne ne me reconnaîtra, répondit Petit Jean.

C'est ce qu'il fit, puis il se mit en route pour la foire. Bien des gens sur le chemin se retournaient pour regarder ce grand gaillard vêtu de rouge, qui souriait et les saluait.

A Nottingham, il commença par la tente où la bière, lourde ou légère, coulait à flots, invitant tout le monde à rire et à boire avec lui. Puis il se rendit à celle où l'on dansait; trois hommes y jouaient agréablement de la cornemuse. Là, il déposa arc et flèches, et se mit à danser en claquant des doigts, charmant les

Petit Jean danse à la foire.

demoiselles avec ses pas de danse. Après avoir longtemps dansé, il alla flâner du côté de l'estrade où les hommes s'affrontaient au bâton. Or Petit Jean était toujours d'accord pour une bonne passe d'armes. On chante encore aujourd'hui dans les ballades la suite de cette histoire...

Il y avait là un certain Eric de Lincoln, qui assommait tous ceux qui montaient l'affronter. Il se tenait d'un côté de l'estrade, se vantant de son adresse. Quand il aperçut Petit Jean, il le traita de grand lâche. Petit Jean, irrité par sa vantardise, résolut de lui donner une leçon.

—Quelqu'un parmi vous peut-il me prêter un bon gros bâton, pour que je me mesure à lui? demanda-t-il.

Aussitôt, dix personnes offrirent le leur, et Petit Jean choisit le plus lourd. Il le jeta sur l'estrade, y sauta légèrement, et le reprit à la main.

Ceux qui étaient présents virent alors le meilleur combat qui ait jamais eu lieu à Not-

Eric de Lincoln défie Petit Jean.

tingham. Petit Jean et Eric de Lincoln se livrèrent trois assauts, chacun esquivant si bien qu'aucun coup ne fut porté avant le troisième combat.

Soudain, Petit Jean frappa Eric à la tête, et avant que l'autre ne retrouve son équilibre, il lui assena un coup si puissant qu'Eric crut qu'il ne pourrait plus se relever. Ainsi se termina ce fameux combat.

Mais le moment du concours était arrivé; la foule, pressée autour de Petit Jean, le conduisit vers le champ de tir. Quoique plus d'un fût bon tireur, il fut le meilleur de tous, et la foule l'applaudit.

—Hourra, bravo pour Reynold Greenleaf, criait-on; car c'est sous ce nom qu'il s'était présenté ce jour-là.

Alors le Shérif descendit de sa haute chaise, et s'approcha de l'endroit où se tenaient les archers. Il regarda attentivement Petit Jean et lui dit:

—Je crois t'avoir déjà rencontré, non?

On félicite Petit Jean.

—Peut-être, répondit Petit Jean, car j'ai souvent vu votre Grâce.

Mais le Shérif ne soupçonna pas son identité.

—Reynold Greenleaf, reprit le Shérif, tu as le meilleur bras que j'aie jamais vu à l'arc, excepté ce coquin de Robin des Bois. Veux-tu entrer à mon service? Tu auras une bonne paye, trois costumes par an, bon vin et bonne chère.

Petit Jean accepta la proposition, car il pensa pouvoir jouer quelques bons tours au Shérif s'il venait à travailler dans son château. Pour fêter sa victoire, il offrit aux spectateurs le bœuf qu'il avait gagné. On alluma de grands feux, on rôtit le bœuf, on but de la bière. Quand le jour tomba, et que la lune s'éleva au-dessus des clochers de Nottingham, les gens se prirent par la main pour danser.

Pendant ce temps, le Shérif et son nouveau serviteur Reynold Greenleaf se rendaient au château de Nottingham.

"Veux-tu entrer à mon service?"

Une vie facile pour Petit Jean

Chapitre 8

La vie au chateau du Shérif

C'est pour s'amuser que Petit Jean était
entré au service du Shérif; mais il faisait bon
en hiver près de la cheminée, et il était devenu
son bras droit à table et à la chasse. Alors il
repoussait de jour en jour son retour à Sherwood, si bien que six mois passèrent, et qu'il
engraissa comme un bœuf. Puis, un jour où le
Shérif alla chasser, un événement survint qui
interrompit cette vie de château.

Ce matin-là, le Shérif le cherchait, voulant
montrer à ses nobles amis l'adresse de son

serviteur. Mais Petit Jean était au lit, et il ronfla jusqu'à ce que le soleil fût haut dans le ciel. Il ouvrit enfin les yeux, mais resta allongé, respirant les premières bouffées du printemps et se disant que la vie était belle.

Mais il entendit bientôt au loin le son ténu et clair d'un cor. Il pensa soudain à Robin des Bois, à Will Stutely qu'il aimait tant, et au jeune David de Doncaster, qu'il avait si bien initié à tous les sports. Une immense et amère nostalgie l'envahit, et ses yeux s'emplirent de larmes.

—Je vais aller retrouver mes chers amis, et je ne les quitterai plus jusqu'à ma mort, se dit-il, en sautant du lit.

En descendant les escaliers, il vit l'intendant, un homme grand et gras, debout près du garde-manger, un gros trousseau de clés à la main. L'homme détestait Petit Jean à cause de l'affection que lui portait le Shérif. Alors il ferma le garde-manger, refusant de lui donner à manger. Puis l'agressant par derrière, il le frap-

Petit Jean se languit de ses amis.

pa avec son trousseau. Mais notre ami l'envoya rouler à terre, brisa la porte du garde-manger, et commença paisiblement à déjeuner. Le cuisinier qui se trouvait dans la cuisine, de l'autre côté de la cour, entendit les bruits de voix et vit Petit Jean molester l'intendant. Il se précipita alors avec une barre de fer.

L'intendant lui offrit dix shillings pour donner une leçon à Petit Jean. Le cuisinier accepta, et l'intendant s'éclipsa, pressentant un rude combat.

Mais non! Car Petit Jean s'écria: —Attends, mon bon cuisinier, il y a de quoi faire un festin ici. Si nous mangions avant de nous battre?

Le cuisinier hésita. Mais il aimait la bonne chère, alors il accepta. Les deux hommes reposèrent leur épée et s'attablèrent devant une énorme tourte à la viande. Quelques heures s'écoulèrent gaîment; puis le cuisinier reprit: —Il est tard, il faut que je fasse le dîner avant le retour du Shérif. Debout, finissons-en.

Ils reprirent donc leurs épées. Des étincelles

L'intendant attaque Petit Jean.

en jaillissaient à chaque coup. Ils luttèrent plus d'une heure, dans tous les coins du hall. Chacun admirait l'adresse de son adversaire. A la fin Petit Jean s'écria: —Arrête, tu es la meilleure lame que j'aie jamais vue. Veux-tu m'accompagner à Sherwood, et te joindre à la bande de Robin des Bois? Car je suis Petit Jean.

Le cuisinier était stupéfait. Mais il répondit: —Je t'accompagne et avec plaisir.

Ils partirent donc, s'enfonçant dans les bois jusqu'à ce qu'ils fussent arrivés à l'arbre sous lequel Robin des Bois et six de ses compagnons étaient allongés dans l'herbe fraîche.

Tous se levèrent précipitamment: —Bienvenue, Petit Jean, bienvenue! Il y a bien longtemps que nous n'avons plus entendu parler de toi; pourtant nous savions tous que tu vivais au château.

Alors Petit Jean raconta son histoire, commençant par le combat contre Eric de Lincoln. Les hommes manifestèrent leur joie quand on

Deux braves à l' épée

leur présenta le nouveau cuisinier; mais Robin resta silencieux quand Petit Jean et le cuisinier lui montrèrent l'argent qu'ils avaient subtilisé au Shérif. Il dit enfin: —La punition du Shérif a été suffisante. Ce n'était pas la peine de lui voler en plus sa vaisselle!

A ces mots, Petit Jean se leva, fila jusqu'à l'endroit où le Shérif chassait avec ses compagnons, lui dit un étrange conte de chevreuil déguisé en vert... et le convainquit de venir seul dans la forêt.

Quand le Shérif arriva devant le grand arbre vert, il dévisagea Petit Jean, et le reconnut soudain: —Prends garde, Petit Jean, dit-il, car tu m'as trahi.

—Cela ne serait pas arrivé si ton intendant n'avait voulu me laisser mourir de faim.

Le Shérif aperçut alors son cuisinier, son argent, et comprenant qu'il avait été joué, s'avoua vaincu.

Robin l'examina un instant: —Viens, dit-il finalement, je vais te ramener à tes com-

Le Shérif reconnaît Petit Jean.

pagnons. Je ne te prendrai rien aujourd'hui, car tu n'es pas venu ici pour faire le mal.

Puis, jetant le sac d'argent sur son épaule, il tourna les talons. Le Shérif le suivit muet de honte. Ils s'arrêtèrent à un kilomètre de l'endroit où les compagnons du Shérif attendaient.

—Dorénavant, Shérif, choisis mieux tes serviteurs conclut Robin. Et il laissa le Shérif à sa confusion, son sac d'argent à la main.

Robin laisse le Shérif confondu.

Un jour de paresse sous le grand arbre vert

Chapitre 9

Le tanneur de Blyth

C'était le mois de mai, le jour était chaud et humide. La plupart des hommes s'étaient dispersés dans la forêt, occupés à une mission ou à une autre. Quelques-uns paressaient dans la clairière, allongés sous le grand arbre vert auprès de Robin. Il y avait là Petit Jean, l'homme solide comme le chêne, Will Stutely, dont le visage était bruni comme un fruit au vent et au soleil; il y avait Will Scathelock, aussi rapide à la course que le chevreuil, et le jeune David de Doncaster, qui avait presque la taille de Petit Jean, bien qu'il eût encore du duvet au menton.

Robin se redressa brusquement: —Nous n'avons plus de tissu Lincoln dans la réserve, dit-il. Debout, Petit Jean! Va tout droit chez Hugh Longshanks d'Ancaster, et dis-lui de nous envoyer trois cents mètres de tissu. Peut-être le trajet te fera-t-il perdre un peu de la graisse gagnée à paresser auprès de notre ami le Shérif!

—Tout gras que je suis, je peux encore tenir tête à n'importe qui sur un pont étroit, répliqua Petit Jean. Tout le monde éclata de rire, car on se souvenait de la première rencontre entre les deux hommes.

Robin se leva et s'éloigna dans la forêt. Il s'arrêta devant un large rocher où on avait aménagé une pièce fermée par une porte en chêne cadenassée. C'est là que la bande cachait son argent.

Il en sortit un sac d'or, et le donna à Petit Jean, qui l'accrocha à sa large ceinture, saisit

L'endroit où la bande cache son argent.

son bâton, long de sept pieds, et s'éloigna dans la forêt. Il prit le sentier jonché de feuilles qui menait à Fosse Way, jusqu'à un croisement. Là, il hésita, le menton appuyé sur son bâton. Un chemin menait à Ancaster et au devoir, l'autre à l'auberge du Sanglier Bleu. Il choisit l'auberge, se disant qu'il partirait tôt le jour suivant pour rattraper son retard.

De son côté, Arthur le Doux, le tanneur de Blyth, traversait Nottingham pour rentrer chez lui. C'était un champion de lutte. Il ne détestait pas non plus taquiner le chevreuil, et quoiqu'il n'eût pas d'arc, il avançait doucement dans le sous-bois, espérant repérer un troupeau à travers le feuillage.

Quand Petit Jean entendit bouger les feuilles autour de lui, il pensa que c'était un braconnier en quête de viande gratuite. Il s'avança, et défia Arthur au bâton. Les deux hommes se précipitèrent l'un sur l'autre en poussant de grands cris.

Robin, pendant ce temps, avait été prévenu

Le devoir ou l'auberge du Sanglier Bleu?

que Petit Jean était sur le chemin de l'auberge, au lieu de faire route vers Ancaster. Mécontent, il partit à l'aube à sa recherche, pressé de lui dire deux mots.

Soudain, il s'arrêta sur le sentier, et dressa l'oreille. C'est la voix de Petit Jean, il semble en colère, se dit-il.

Il eut peur que son bon ami n'ait été victime des soldats du Roi. Oubliant ses griefs, il gagna rapidement les fourrés d'où provenaient les voix.

Dans une clairière, Petit Jean et le tanneur luttaient comme deux puissants taureaux. Malheureusement, Petit Jean, rouillé par son séjour chez le Shérif, était le plus lent. S'il avait disposé de toutes ses forces, il n'aurait fait qu'une bouchée d'Arthur. Mais dans l'état où il était, son adversaire l'envoya d'un coup puissant mordre la poussière, et Petit Jean perdit son bâton dans sa chute.

—Je ne pensais pas qu'il existait un seul homme dans tout le comté de Nottingham ca-

Le combat de deux géants

pable de m'en faire découdre! dit Petit Jean, toujours allongé par terre.

—Moi non plus, s'exclama Robin, sortant des fourrés, et éclatant de rire. Eh bien, Petit Jean! Tu t'es écrasé au sol comme une bouteille jetée depuis un mur! Cet homme t'a fait faire la plus belle culbute que j'aie jamais vue!

Puis, se tournant vers le tanneur:

—Quel est ton nom, mon brave? demanda-t-il.

—On m'appelle Arthur le Doux.

—Ah, j'ai déjà entendu parler de toi, tu as battu un de mes amis à la foire d'Ely, en octobre dernier. A la ville, on l'appelle Jock de Nottingham; mais pour nous, c'est Will Scathelock.

Le malheureux que tu viens de jeter au sol passe pour le meilleur combattant de toute l'Angleterre, il s'appelle Petit Jean. Quant à moi, je suis Robin des Bois.

Petit Jean se relevait doucement, comme si ses os avaient la fragilité du verre. Il entendit

Robin se moque de la culbute de Petit Jean.

Robin proposer à Arthur de se joindre à eux. Celui-ci accepta joyeusement en faisant claquer ses doigts. Il jura que tous les chevreuils de la forêt de Sherwood entendraient bientôt résonner la corde de son arc.

—Quant à toi, Petit Jean, tu vas te remettre en route pour Ancaster; mais nous allons t'accompagner un peu, car il y a d'autres tavernes dans les environs!

Robin invite Arthur à se joindre à la bande.

Les trois compagnons se reposent.

Chapitre 10

Will le Rouge

Les trois compagnons cheminaient sur la route ensoleillée, Robin et Petit Jean réglaient entre eux l'affaire du Sanglier Bleu. La chaleur du jour, la poussière de la route leur donnèrent bientôt soif. Derrière une haie, ils découvrirent un ruisseau dont l'eau était froide comme la glace. Agenouillés, et se servant de leurs mains comme d'une coupe, ils burent tout leur content, puis s'allongèrent un peu.

Devant eux, la route poussiéreuse traversait

une plaine. Robin gardait les yeux sur le chemin, tandis que les autres rêvassaient. Soudain, rompant le silence, il montra quelque chose du doigt: —Regardez-moi cet oiseau coloré!

Les autres aperçurent alors un jeune homme qui approchait d'un pas tranquille. C'est vrai qu'il était coloré, vêtu de velours et de soie écarlate, avec une longue plume au chapeau, et des fils d'or sur le fourreau en cuir de son épée. De longs cheveux blonds tombaient en boucles sur ses épaules.

—Par ma vie! s'écria Robin, je crois que ce brave s'évanouirait si une souris traversait brusquement devant lui!

Arthur le Doux, qui examinait attentivement l'inconnu, répliqua:

—Regarde ses bras; on jurerait qu'il y a des muscles solides sous ces fins vêtements, pas de la chair molle!

—Je crois que tu as raison, ami Arthur, ajouta Petit Jean.

Un oiseau coloré

—Peuh! dit Robin. Je vais voir ce qu'il a dans le ventre. Vous deux, restez cachés pendant que je l'interrogerai. Il sortit de l'ombre d'un hêtre, et s'arrêta au milieu de la route.

D'abord l'inconnu fit mine de l'ignorer, et de passer son chemin. Quand Robin refusa de lui céder le passage, et qu'il lui réclama sa bourse, il répondit d'une voix douce, presque triste:
—Mon ami, laisse-moi continuer mon chemin en paix, sinon je devrai te tuer. Tout en disant cela, il tirait son épée.

—Elle ne résistera pas à mon bâton de chêne, dit Robin. Par là, il y a des branches; fais-toi un bon bâton.

L'étranger examina d'abord Robin, puis son bâton. Il jeta la rose qu'il avait gardée à la main jusque-là, remit l'épée dans son fourreau, et gagna le bord du sentier. Il y trouva un jeune arbre à sa convenance. Mais il ne le coupa pas, il releva ses manches, enfonça son talon dans le sol, et déracina le jeune arbre d'un mouvement vigoureux.

Un mouvement vigoureux!

En voyant cela, Petit Jean et le tanneur soufflèrent d'admiration. Quoi que pensât Robin, il tiendrait bon. Maintenant, Robin et l'inconnu se faisaient face.

Ils luttèrent de mille et une façons, l'adresse de Robin contre la force de l'étranger. La poussière de la route montait en nuages. L'étranger fit baisser la garde à Robin, et l'envoya rouler dans la poussière.

—Assez, arrête, souffla Robin, je me rends.

—Arrête! cria en même temps Petit Jean, accourant du sous-bois, suivi par le tanneur Arthur.

Robin était couché sur le sol, appuyé sur les coudes, et secouait la tête. Petit Jean ne put s'empêcher de rire du malheureux qui, endolori et vexé, repoussa brutalement la main qui se tendait pour l'aider.

—Comment te nommes-tu? demanda Robin.

—Gamwell, répondit l'autre. Je suis à la recherche du jeune frère de ma mère, qu'on appelle...

L'adresse contre la force

—Will Gamwell! Tu ne me reconnais pas, mon garçon? s'écria Robin, posant ses deux mains sur les épaules du jeune homme. Regarde-moi bien.

—Je crois que tu es mon oncle Robin, s'exclama le garçon, se jetant dans les bras de Robin, et l'embrassant sur la joue.

—Quand je t'ai quitté, tu avais huit ou dix ans, mais je t'ai visiblement bien entraîné. Laisse-moi te dire que tu es l'homme le plus fort que j'aie jamais rencontré. Mais dis-moi, pourquoi as-tu quitté Sir Edward et ta mère?

—C'est une triste histoire, mon oncle. Tu sais que mon père est d'un naturel plutôt facile, et lent à la colère. Son intendant, un coquin effronté, lui parlait toujours avec insolence. Un jour, je n'ai pas pu y tenir, et je l'ai giflé à l'oreille. Et—le croiras-tu?—il en est mort! Il paraît que je lui ai brisé la nuque. Alors on m'a fait partir pour échapper à la loi.

—Eh bien, je suis heureux de t'accueillir parmi nous, Will. Mais un fugitif ne voyage

"Tu ne me reconnais pas, mon garçon?"

pas comme un élégant, en respirant le parfum d'une rose! Il faudra changer ton nom, car ta tête sera mise à prix. Et puisque tu aimes les tenues multicolores, nous t'appellerons Will le Rouge!

—Bienvenue parmi nous, Will le Rouge, dit Petit Jean, s'avançant d'un pas, et lui tendant sa large paume. On m'appelle Petit Jean, et voici Arthur le Doux, qui s'est joint à nous.

Alors Robin et Petit Jean jurèrent que personne d'autre qu'eux quatre n'entendrait jamais parler des coups féroces qu'ils avaient encaissés ce jour-là.

—Allons. Tu iras à Ancaster une autre fois, Petit Jean, conclut Robin.

Et tournant les talons, ils reprirent le chemin de la forêt de Sherwood.

Le retour à Sherwood

Un repas à six sous

Chapitre 11

Midge le fils du meunier

Les quatre compagnons cheminèrent des heures en direction de Sherwood, et midi était passé depuis longtemps quand ils commencèrent à sentir la faim. Petit Jean donna six sous à Arthur le Doux, et l'envoya dans une auberge toute proche, tandis qu'eux-mêmes l'attendaient dans les fourrés.

Arthur revint bientôt avec une large miche de pain noir, un fromage frais bien rond, et une outre pleine de bière fraîchement brassée. On partagea le tout en quatre, et ils commencèrent à se restaurer en silence.

Après déjeuner, Will le Rouge, regardant le petit morceau de pain qu'il avait encore à la main, dit: —Je crois que je vais garder cela pour les moineaux. Il jeta le reste du pain, et secoua les miettes tombées sur son justaucorps.

Les autres avaient également terminé; après une longue gorgée de bière, ils entonnèrent une chanson.

Robin trouva le chant de Will trop mesuré pour un si grand gaillard. Il fallut amadouer Arthur pour le faire chanter, car il était timide. Puis Petit Jean prit la suite, chaleureusement encouragé par ses compagnons; mais il n'avait pas terminé son morceau que Robin l'interrompit:

—Quel est cet individu qui avance sur la route? Non, ne te fâche pas, Petit Jean, je l'observe depuis que tu as commencé à chanter. Regarde, s'il te plaît, et dis-moi si tu le connais.

Petit Jean regarda dans la direction indiquée:

—C'est un jeune meunier que j'ai déjà croisé

Un meunier sur le chemin

à l'orée de Sherwood, expliqua-t-il; sûrement pas du genre à gâcher une bonne chanson!

—C'est un garçon robuste pourtant, dit Robin. Je le reconnais, je l'ai vu assommer proprement Ned de Bradford il y a deux semaines!

Le jeune meunier était tout près maintenant. Ses vêtements étaient couverts de farine, et il portait sur le dos un grand sac à provisions et un gros bâton. Les joues rouges, les cheveux blonds, il avait encore du duvet au menton.

—Amusons-nous un peu avec lui: faisons semblant d'être des voleurs, proposa Robin. Ensuite, nous l'inviterons dans la forêt à un joyeux festin, et nous le renverrons chez lui avec de l'or pour remplacer ses piécettes. Qu'en dites-vous, mes amis?

Tout le monde était d'accord, excepté Petit Jean, qui n'avait aucune envie de renouveler son amère expérience. Malgré ses réticences, tous quatre allèrent à la rencontre du meunier, et l'encerclèrent aussitôt.

Le meunier encerclé

—Que voulez-vous de moi? s'écria le jeune homme. Vous êtes sur le territoire de Robin des Bois, et s'il vous prend à dévaliser un honnête artisan, il vous flanquera une raclée!

—Je n'ai pas plus peur de Robin que de mon ombre! plaisanta Robin. Nous sommes seulement quatre bons chrétiens désireux de t'aider à porter ton fardeau.

Lentement, et à contrecœur, le meunier défit l'ouverture du sac, comme pour leur donner l'argent qu'il y avait caché. Les autres s'approchèrent de lui tandis qu'il plongeait les mains dans la farine d'orge, se demandant ce que le sac pouvait bien contenir.

Brusquement, il leur jeta de la farine au visage; ils en avaient plein les yeux, le nez, la bouche, qui les aveuglait et les suffoquait à moitié. Et pendant que tous quatre titubaient, toussant, et se frottant les yeux, il leur lançait de la farine à pleines poignées, jusqu'à ce que cheveux, barbe et habits fussent blancs comme neige. Puis des coups de bâton s'abattirent sur

De pleines poignées de farine!

leurs épaules.

Mais Robin finit par trouver son cor, et le porta à ses lèvres. Will Stutely et le jeune David de Doncaster étaient dans les environs, avec une partie de la bande. Quand ils entendirent sonner trois fois, ils se précipitèrent. Mais quel spectacle les attendait: cinq hommes tout blancs, debout sur une route toute blanche!

Cette nuit-là, des feux de joie illuminèrent les bois, et l'on festoya pour accueillir les nouveaux membres de la bande, car Midge le meunier s'était joint à eux et les avait accompagnés à Sherwood.

Debout devant le feu, Robin déclara: —Aujourd'hui, j'ai gagné trois des plus forts compagnons de tout le comté de Nottingham, et récolté plaies et bosses!

La forêt résonna de plaisanteries et de rires, jusqu'à ce que tous roulent à terre. Puis le silence retomba sur toutes choses, et la forêt s'endormit.

Le silence retombe sur Sherwood.

De nouvelles aventures se préparent.

Chapitre 12

Allan du Vallon

Deux jours avaient passé. La matinée était claire, et l'herbe encore humide de rosée. Robin était assis à l'ombre du grand arbre vert. A sa droite, Will le Rouge était allongé, les mains croisées sous la nuque. De l'autre côté, Petit Jean se taillait un nouveau bâton. D'autres compagnons étaient assis ou couchés ici et là.

Robin prit la parole: —Personne n'a dîné avec nous depuis longtemps, et notre bourse est bien maigre. Mon brave Will, choisis six hommes et va sur le chemin de Fosse Way.

Ramène-nous un convive à la bourse bien garnie. Nous allons préparer un festin. Emmène Will le Rouge, il faut qu'il apprenne les chemins de la forêt.

—Je prends aussi Midge le Meunier et Arthur le Doux, répondit Will, car ils ne se défendent pas mal au bâton. Pas vrai, Petit Jean?

Tout le monde éclata de rire, sauf Petit Jean et Robin, qui avoua: —Je me porte garant pour Midge et mon cousin le Rouge. Ce matin encore, j'ai regardé mes côtes, elles sont pleines de bleus et de bosses!

Will Stutely et ses compagnons prirent la route de Fosse Way. Bien des voyageurs passèrent près d'eux sans soupçonner que sept gaillards étaient dissimulés dans les fourrés. Mais aucun riche seigneur, aucun collecteur d'impôts, aucun abbé grassouillet ne passa, personne dont on pût alléger la bourse. La bande y perdit la journée.

—Quelle malchance! dit Stutely. Allons, les

En quête d'une bourse à vider

amis, rentrons. Et ils repartirent vers Sherwood.

Peu après, Will, qui était en tête, s'arrêta: — Ecoutez, les amis, murmura-t-il. Je crois que j'entends un son, car j'ai vraiment l'oreille du renard. Alors ils entendirent tous un son plaintif et mélancolique, comme si on pleurait.

—Peut-être quelqu'un a-t-il besoin d'aide, dit Will le Rouge. Et il avança dans la direction du son.

Dans une éclaircie de la forêt s'étendait une mare auprès de laquelle, sous un saule, un jeune homme pleurait à chaudes larmes. Ses boucles blondes étaient emmêlées, et ses vêtements froissés. Il paraissait noyé de douleur et de chagrin. Au-dessus de sa tête, dans les branches du saule, pendait une magnifique harpe en bois poli, incrustée d'or et d'argent. A côté de lui, on remarquait un arc en frêne et dix flèches fines et souples.

—Holà, cria Will Stutely, qui es-tu donc, garçon, et que fais-tu là à inonder l'herbe de

Un jeune homme en larmes

tes larmes salées?

En entendant une voix, le garçon saisit rapidement son arc et y ajusta une flèche.

—Mais je le connais, s'écria l'un des hommes. C'est un ménestrel, je l'ai vu la semaine passée; il était plus joyeux, alors.

—Bah, dit Stutely, sèche tes larmes, garçon. S'il y a une chose que je déteste, ce sont les grands gaillards qui pleurnichent comme des filles de quinze ans!

Mais Will le Rouge vit que l'inconnu, qui avait encore le visage d'un enfant, était blessé par les paroles de Stutely. Il s'approcha de lui, et posa les mains sur ses épaules.

—Ne t'occupe pas d'eux, dit-il gentiment. Ils sont rudes, mais guère méchants. Ils ne peuvent pas comprendre un garçon comme toi. Viens avec nous, peut-être pourrons-nous t'aider.

—En vérité, dit Will Stutely d'un ton bourru, je ne pensais pas à mal. Tu peux compter sur nous. Prends ta harpe, et accompagne-

Will le Rouge offre son aide au jeune homme.

nous à Sherwood.

Le garçon chemina aux côtés de Will le Rouge, la tête basse, le pas triste.

La petite bande traversa la clairière. Les compagnons les regardèrent s'approcher, mais personne ne posa de questions. Encadré par Will le Rouge et Stutely, le garçon s'avança vers Robin, auprès de qui se tenait Petit Jean.

—Tu es bien le fameux Robin des Bois, n'est-ce pas? demanda-t-il.

Robin n'était pas fâché de cette réputation, mais il se rembrunit quand Will Stutely dit que le garçon n'avait pas un sou. Will le Rouge prit aussitôt la parole, expliquant qu'il avait besoin d'aide.

Robin regarda attentivement le jeune homme: —Tu parais bien jeune et bien gentil, dit-il, et tu inspires confiance.

Ces mots gentils firent monter des larmes aux yeux du garçon. Robin renvoya tous ses hommes, sauf Will le Rouge et Petit Jean. Le garçon put alors expliquer la cause de sa

On amène le jeune homme à Robin.

tristesse:

—La fille dont je suis amoureux, la belle Ellen, doit épouser dans deux jours un vieux chevalier. C'est moi qu'elle aime, mais tel est le choix de son père.

Robin conçut rapidement un plan; mais il lui fallait pour le réaliser un moine en qui il pût avoir confiance. Will le Rouge dit qu'il connaissait un brave moine qui vivait à peine à une demi-journée de marche. Robin décida de partir à l'aube.

Le garçon sécha ses larmes, et l'on festoya joyeusement. Puis on lui demanda de chanter.

Le silence fut complet aussi longtemps qu'il chanta. Robin lui serra la main et lui demanda son nom.

Allan du Vallon, répondit le musicien. Will le Rouge lui serra la main en guise d'amitié, ainsi que Petit Jean. C'est ainsi que le célèbre Allan du Vallon se joignit à la bande de Robin des Bois.

Allan du Vallon chante de sa voix douce.

Robin s'habille pour l'aventure.

Chapitre 13

A la recherche du moine

Le matin suivant, Robin enfila une fine cotte de mailles sous sa veste vert Lincoln, et dissimula son casque d'acier sous un chapeau en cuir orné d'une plume de coq. La lame bleutée de sa longue épée était gravée tout du long d'étranges figures de dragons, de femmes ailées et d'autres créatures tout aussi chimériques.

Ainsi vêtu, il se mit en route, avec Petit Jean, Will le Rouge, David de Doncaster et Arthur le Doux, laissant le commandement de la bande à Will Stutely.

Ils avançaient à grands pas, kilomètre après kilomètre. C'est Will qui conduisait, car il connaissait les bois mieux que quiconque. Dans le chaud silence de la mi-journée, ils arrivèrent au bord d'une large rivière aux eaux troubles. Des hirondelles voletaient autour d'eux et frôlaient la surface de l'eau, ici ou là, des libellules filaient, les ailes étincelant au soleil.

—Nous y sommes, mon oncle, dit Will le Rouge quand ils eurent longé quelque temps cette agréable rivière qui miroitait au soleil. On peut traverser juste après le coude que fait la rivière. C'est de l'autre côté que vit le moine du Val de la Fontaine.

Robin demanda à ses compagnons de l'attendre, car il souhaitait continuer seul. Petit Jean grommela bien un peu, mais ils s'assirent pour attendre son retour. Robin s'éloigna.

Il avait à peine disparu de leur vue qu'il s'arrêta, car il croyait avoir entendu des voix. Deux hommes semblaient converser, mais

Robin s'en va seul.

bizarrement, ils avaient presque la même voix. Sa curiosité éveillée, Robin s'approcha doucement de la rivière, s'assit sur l'herbe, et regarda vers la rive.

Dans la fraîcheur de l'ombre, un moine était installé, qui avait bien la corpulence de Petit Jean, des yeux gris pétillants de gaîté. Il se régalait d'une tourte aux oignons et à la viande, et se parlait à lui-même, faisant les questions et les réponses.

Robin, toujours allongé, l'observait. Quand le moine commença à chanter, il joignit sa voix à la sienne. Puis il descendit sur la rive.

—Tu connais la région, saint homme? demanda-t-il en riant.

—Oui, un peu, répondit le moine.

—Tu connais un endroit nommé l'abbaye de la Fontaine?

—Oui.

—Et tu connais le moine de l'abbaye?

—Oui, un peu, fut la réponse.

Robin n'était pas enchanté à l'idée de

Le moine se parle à lui-même.

mouiller ses beaux vêtements en traversant la rivière. Il demanda donc au moine de le porter sur son dos.

D'abord le moine se fâcha et répondit: —Tu oses me demander à moi, le saint frère Tuck, de te porter sur mon dos?

Mais son indignation retomba brusquement. Ses yeux brillèrent de malice, et il ajouta qu'il l'aiderait à traverser.

Quand ils furent au milieu de la rivière, là où l'eau est la plus profonde, le moine s'arrêta. Puis d'un mouvement brusque des bras et des épaules, il envoya choir Robin dans l'eau comme un sac de grains, au milieu des éclaboussures.

Quand Robin eut atteint l'autre rive, ils tirèrent leurs épées qui étincelèrent au soleil, et s'affrontèrent à grand fracas. Le combat dura plus d'une heure, mais aucun ne parvint à blesser son adversaire.

—Arrête, s'écria Robin, essuyant la sueur qui coulait sur ses sourcils. Il pensait que ce

L'arrêt au milieu de la rivière

serait terrible de blesser ce brave ou d'être blessé par lui. —Tu me permets de souffler dans mon cor?

Le moine acquiesça, attendant la suite. Quand il vit s'approcher quatre grands gaillards vêtus de vert Lincoln, tout prêts à tirer, il attrapa un joli sifflet en argent qui pendait à côté de son rosaire. Un son puissant, strident, pareil à celui du chevalier appelant son faucon, fit apparaître quatre gros chiens hirsutes, qui se précipitèrent sur Robin. Lâchant son épée, celui-ci se réfugia rapidement dans un arbre.

Alors les chiens s'en prirent à ses compagnons. Tous, sauf Will le Rouge, décochèrent leur flèche. Mais les chiens les attrapèrent dans leur gueule, les cassant en deux, et les hommes auraient certainement été en danger si Will, s'avançant d'un pas, n'avait appelé les bêtes. En entendant sa voix, elles vinrent lui lécher les mains et se mirent à aboyer.

—Comment? s'écria le moine, est-ce bien le

Le moine siffle ses chiens.

jeune William Gamwell que je vois ici avec ces brigands?

—Non, frère Tuck, dit le jeune homme, on m'appelle Will le Rouge maintenant, et voici mon oncle Robin des Bois.

Robin sauta de l'arbre. Il était surpris de découvrir que le moine était justement cet ami de Will à la recherche duquel il était parti. Le moine était plus surpris encore d'apprendre que l'homme qu'il avait jeté à l'eau était Robin des Bois en personne.

—Q'attends-tu de moi? s'enquit-il.

—Il se fait tard, dit Robin, on ne peut pas parler ici. Viens avec nous à Sherwood, je t'expliquerai tout en chemin.

Ils prirent donc la route, les chiens sur les talons. La nuit était tombée depuis longtemps quand ils arrivèrent au grand arbre vert.

"Viens avec nous à Sherwood."

On attend la cérémonie du mariage.

Chapitre 14

Les hors-la-loi à l'église

Le jour était arrivé où la belle Ellen devait se marier, et Robin avait donné sa parole qu'elle n'épouserait personne d'autre qu'Allan du Vallon. Après avoir laissé la responsabilité de la bande à Will Scarlett, il s'était mis en route vers la petite église avec Petit Jean, Will Stutely, et quelques fidèles compagnons. Il s'était vêtu comme un ménestrel, de rouge, jaune et vert, et des flots de rubans garnissaient son habit. Ils avaient longtemps marché, maintenant il prenait quelque repos avec ses hommes, à l'ombre fraîche d'un mur. Il avait envoyé David surveiller la route depuis le sommet du mur. Au bout d'un moment, il lui demanda: —Que vois-tu, jeune David?

—Je vois de blancs nuages, et trois corbeaux noirs qui volent.

Tout retomba dans le silence, et le temps passa. Robin s'impatientait, et reposa la question. David répondit: —Je vois des moulins à vent, qui tournent, et des peupliers balancés par le vent... Le temps passa encore, avant que Robin ne questionne une fois de plus le jeune David. —Je vois le champ d'orge qui ondoie au vent, et un vieux moine qui vient de la colline, et s'approche de la porte de la chapelle.

Alors Allan secoua frère Tuck qui ronflait paisiblement à l'ombre du mur. Robin s'agenouilla près de lui: —Debout maintenant, entre dans l'église. Petit Jean, Will et moi te suivons.

Quand frère Tuck se fut présenté au vieux moine, et qu'il eut été conduit à l'intérieur de

David de Doncaster fait le guet.

l'église, Robin saisit sa harpe, et s'assit près de la porte. Petit Jean et Will emportèrent dans l'église les sacs d'or que Robin avait amenés.

Le cortège approchait, Robin le devinait de loin: venait d'abord le riche évêque de Hereford, sur un cheval de race, puis son cousin, Sir Stephen, le fiancé, le père d'Ellen, à l'air résolu, et la jeune fille elle-même. Son visage était pâle et triste quand elle pénétra à pas lents dans l'église.

L'évêque s'arrêta devant Robin, et lui demanda qui il était.

—Un harpiste, répondit Robin, et je vais jouer si bien aujourd'hui que cette jolie fiancée aimera son époux aussi longtemps qu'ils vivront.

—Si tu peux faire cela, dit l'évêque, je te donnerai ce que tu voudras.

Robin sourit intérieurement. Il comptait bien délester l'évêque d'un peu d'argent, ce jour-là, et sans lui demander sa bénédiction.

Il s'avança donc, les rubans de son habit vo-

Un harpiste salue l'évêque.

letant autour de lui, et interrompit la cérémonie. Ses compagnons, conduits par Allan
envahirent l'église. Sir Stephen, devant cet af-
front, préféra quitter les lieux. Quand Robin
offrit au père d'Ellen deux bagues en or comme
dot, celui-ci, réalisant qu'elle épouserait Allan
avec ou sans son consentement, dut s'incliner.

Alors frère Tuck s'avança, et prenant la
main d'Ellen, la donna à Allan, fou de joie. Il
célébra l'office du mariage, et les jeunes gens
devinrent mari et femme.

Robin avait rempli sa promesse, il pria donc
l'évêque de lui remettre la lourde chaîne en or
qui pendait à son cou. L'évêque rougit, ses
yeux brillèrent de colère, mais il tendit la
chaîne. Robin la glissa au cou d'Ellen; le bijou
étincelait désormais sur ses épaules.

—Mille mercis pour ce beau présent, dit
Robin en s'inclinant devant l'évêque. Et si un
jour vous passez dans les environs de Sherwood, j'espère que vous me ferez le plaisir de
festoyer avec nous.

Allan du Vallon épouse Ellen.

L'évêque se renfrogna: il savait quelle sorte de festin le hors-la-loi offrait aux riches dans la forêt de Sherwood.

Puis Robin rassembla ses hommes, et tous, encadrant les jeunes mariés, reprirent le chemin des bois.

Ce soir-là, se tint à Sherwood la fête la plus somptueuse de tout le comté de Nottingham. Quand frère Tuck demanda à Robin la permission de se joindre à la bande en qualité de chapelain, tous éclatèrent de rire. Ils savaient que le moine aimait la bière et la bonne vie, et ils se réjouirent de sa compagnie. C'est ainsi que frère Tuck entra dans la bande au sein de laquelle il vécut de nombreuses années, à l'ombre du grand arbre vert.

Frère Tuck se joint à la bande.

Petit Jean fabrique une corde

Chapitre 15

Vie de moine ou vie de mendiant ?

Un hiver froid s'était écoulé, et le printemps venait d'arriver. Robin était assis sur une peau de chevreuil, en face du grand arbre vert, les mains croisées autour des genoux. Il regardait Petit Jean, occupé à fabriquer une corde d'arc avec un fil de chanvre; de ses mains humides, il roulait la corde sur ses cuisses. A côté de lui, Allan du Vallon posait lui aussi une nouvelle corde à sa harpe.

Tandis que Petit Jean enduisait sa corde de cire d'abeille, Robin et lui évoquaient les bons

171

moments passés à l'auberge du Sanglier Bleu l'hiver précédent, et tous les gens qu'ils y avaient rencontrés, se demandant lequel d'entre eux avait la meilleure vie. Petit Jean affirmait que s'il n'avait pas fait partie de la bande, il se serait fait moine errant. Frère Tuck entonna alors, de sa voix riche et onctueuse, une chanson qui racontait la vie d'un moine errant. Elle paraissait agréable, en vérité. Mais Robin, tout en reconnaissant que c'était une belle chanson, dit que selon lui, les mendiants avaient de plus belles histoires encore, et menaient une vie plus joyeuse.

—Que dirais-tu de tenter l'aventure par cette belle journée, Petit Jean? suggéra-t-il. Prends une soutane de moine dans notre coffre à costumes; j'arrêterai le premier mendiant venu pour échanger mes vêtements contre les siens. Et puis nous irons au hasard de l'aventure.

Petit Jean accepta; il alla jusqu'à la remise, et se choisit une soutane. Quand il revint, le vêtement trop court pour lui fit éclater de rire

La soutane est bien trop courte.

tous ses compagnons. Mais il n'y avait pas de costume de mendiant dans le coffre. Robin prit donc de l'argent pour se procurer un déguisement.

Les deux amis cheminèrent ensemble sur les sentiers forestiers jusqu'à la grand-route. Au premier carrefour, ils se séparèrent.

Robin prit la route de Gainsborough, Petit Jean celle de Blyth.

—Adieu, saint père, cria Robin. Puisses-tu ne pas avoir à prier pour ta vie avant que nous nous retrouvions!

—Bon voyage, mendiant, répondit Petit Jean sur le même ton. Puisses-tu ne pas avoir à demander grâce avant que je ne te revoie!

Cette nuit-là, les feux illuminèrent la forêt de Sherwood, projetant de l'ombre sur les arbres et les buissons. Les braves compagnons écoutaient les aventures de Robin et de Petit Jean.

Robin raconta d'abord sa rencontre avec trois jeunes filles qu'il avait accompagnées au

Les chemins se séparent.

marché, et le baiser qu'il donna à chacune d'elles en les quittant; puis celle d'un mendiant, assis sous un tilleul, à qui il avait acheté ses vêtements.

Ensuite Petit Jean évoqua le rétameur, le mendiant, et le colporteur à qui il avait fait payer toute la bière qu'il avait bue en chemin, et Robin ses aventures avec quatre mendiants: l'un qui feignait d'être sourd, mais qui l'avait entendu approcher, le deuxième qui se disait aveugle mais l'avait vu le premier, le troisième qui se voulait muet, mais n'avait pu retenir un mot de bienvenue, et le dernier, soi-disant boiteux, mais qui s'était levé pour lui faire une place. Puis il décrivit la bagarre qui s'éleva lorsqu'ils découvrirent qu'il ignorait les mots secrets que tous les mendiants connaissent. Il avait eu le dessus, et l'argent qu'il ramenait le prouvait suffisamment.

Petit Jean raconta alors qu'il avait rencontré deux Franciscains trop pauvres, disaient-ils, pour lui faire l'aumône. Il ouvrit les mains

Robin rencontre quatre mendiants.

et montra à ses compagnons tout l'argent qu'il avait récolté au fond de leurs poches.

Robin enchaîna avec l'histoire du riche marchand de blé qui escroquait les pauvres. Il lui avait confié qu'il s'était déguisé en mendiant pour tromper ce voleur de Robin des Bois et lui avait même avoué qu'il cachait toute sa fortune dans ses chaussures, pour la même raison. A la fin de son récit, il brandit la paire de chaussures qu'il avait subtilisée au riche commerçant.

Tous écoutaient attentivement ces histoires, et la forêt résonnait de leurs rires. Les avis restèrent partagés: certains soutenaient que le moine était le plus heureux, et les autres penchaient pour les avantages de la vie de mendiant.

Les chaussures du riche commerçant

Le page de la reine

Chapitre 16

Le concours de tir du Roi Henry

La grand-route s'étendait, blanche et pous-siéreuse, dans la lourde chaleur d'un après-midi d'été. Le jeune page de la Reine, Richard Partington, âgé de seize ans, montait un cheval à la robe crémeuse; sa longue cape flot-tait au vent. Il portait un habit de soie et de velours constellé de joyaux, et une dague bat-tait à l'avant de la selle.

Il galopait depuis l'aube sur cette route poussiéreuse et chauffée par le soleil, et se réjouissait d'arriver bientôt à l'auberge fraîche et ombragée du Sanglier Bleu.

Cinq hommes y étaient attablés, se désaltérant sous un large chêne. D'eux d'entre eux étaient habillés de vert Lincoln. Le premier était l'homme le plus robuste que Partington eut jamais vu. L'autre était un beau garçon au teint hâlé et aux cheveux châtain bouclés.

L'aubergiste apporta du vin au page; de son cheval, il porta un toast à la Reine Eléonore et à Robin des Bois, qu'il cherchait justement.

En entendant cela, deux des compagnons se murmurèrent quelque chose à l'oreille. Puis le plus grand dit: —Je crois qu'il n'y a aucun risque à le conduire à Robin.

A l'ombre fraîche du grand arbre vert, Robin et sa bande paressaient sur l'herbe tendre, écoutant Allan chanter et jouer sur sa harpe aux sonorités si douces. On entendit soudain le pas des chevaux. Petit Jean et Will Stutely arrivaient avec le jeune Partington. Robin se leva à sa rencontre, et le page glissa de son cheval, une petite boîte en velours à la main.

"Aucun risque à le conduire à Robin."

—Bienvenue, s'écria Robin, qu'est-ce qui amène un si noble visiteur dans notre pauvre forêt de Sherwood?

Le page leur apprit que le Roi Henry avait fait annoncer un grand concours de tir, et que la Reine souhaitait qu'il en gagnât le prix. Elle lui envoyait une de ses bagues en or en signe d'amitié, et lui promettait qu'il ne courrait aucun danger.

Robin embrassa l'anneau, et le glissa à son petit doigt: —J'obéirai à cet ordre, et je t'accompagnerai à Londres.

—Alors nous n'avons pas de temps à perdre, répondit le page. Il nous reste seulement quatre jours pour faire ce long trajet.

—J'emmène trois hommes, dit Robin, Petit Jean, mon bras droit, Will le Rouge mon cousin, et Allan le ménestrel. Will Stutely prendra le commandement en mon absence.

Nos compagnons avaient fière allure, tandis qu'ils chevauchaient vers la cité de Londres. Robin était tout de bleu vêtu, Will de vert Lin-

Robin embrasse l'anneau de la Reine.

coln, et Allan de rouge, depuis la tête jusqu'au bout pointu de ses chaussures. Chacun portait un casque de métal poli, et une cotte de mailles les protégeait sous leur justaucorps.

Ils rendirent hommage à la Reine dans la salle qui ouvrait sur le jardin royal. Un soleil doré entrait à flots par les fenêtres ouvertes, et l'air embaumait les roses rouges qui poussaient en contrebas.

Après un somptueux festin, la Reine leur demanda de conter quelques-unes de leurs aventures. Ils racontèrent ce que leur mémoire leur offrait, et la Reine et ses dames d'honneur riaient sans fin de leurs récits. Puis Allan chanta pour elles, et le temps s'écoula ainsi jusqu'au moment du concours.

Des drapeaux qui représentaient les compagnies d'archers royaux flottaient à la brise, éclatant de couleurs, et des bannières de soie rouges, blanches, vertes et bleues pendaient des balcons bondés.

Six joueurs de trompette s'avancèrent sur le

A genoux devant la Reine

champ de tir. A leur instrument pendaient des bandes de velours brodées de fils d'or et d'argent. Derrière s'avançaient le Roi Henry et la Reine Eléonore, puis la cour. Bientôt le champ ne fut plus qu'un mélange de couleurs.

La Reine paria contre son époux; elle dit qu'elle connaissait trois tireurs qui l'emporteraient sur les meilleurs archers du Roi. Tout le monde s'interrogeait, personne ne les connaissant. L'évêque de Hereford fut le seul à deviner, et quoique Robin se fît appeler Locksley, du nom de la ville où il était né, il le reconnut.

Il y avait en tout huit cents archers, et ils décochèrent tant de flèches que les cibles étaient plus hérissées que des porcs-épics. On eut beau multiplier les tirs, personne ne put battre Locksley ni les deux hommes en vert.

A la fin du tournoi, les soldats de la garde royale et le public firent cercle autour d'eux. Pendant que Robin s'entretenait avec Gilbert, le meilleur archer du Roi, quelqu'un le tira par

L'évêque reconnaît Robin.

la manche et lui glissa ces mots: —Richard Partington vous envoie ce message de la part d'une dame: "Le lion rugit. Prenez garde à vous."

Robin devina que le message provenait de la Reine, et signifiait que le Roi était en colère. Il devenait dangereux pour eux de rester davantage. Il appela ses trois compagnons. Sans plus tarder, ils se frayèrent un chemin dans la foule et quittèrent Londres vers le nord.

"Prenez garde à vous."

Quatre ombres sur la route

Chapitre 17

Robin échappe au danger

Une large lune éclairait le ciel. Les quatre hommes avançaient sur la route comme des ombres. Ils arrivèrent à une auberge où Robin suggéra de passer la nuit.

—Nous sommes encore très près de Londres, mon oncle, objecta Will le Rouge.

Mais ils décidèrent d'y rester et tandis qu'ils se restauraient, Petit Jean lançait des œillades à la jeune fille qui les servait.

Pendant le dîner, l'aubergiste s'approcha de leur table, et leur dit que Richard Partington souhaitait voir l'homme en bleu. Robin se leva rapidement et sortit.

—L'évêque de Hereford vous a dénoncés au Roi, dit Partington, et on a envoyé des hommes pour vous arrêter sur le champ de tir, mais vous étiez déjà partis. Alors le Roi a lancé mille hommes à vos trousses. C'est l'évêque qui les conduit, et il a juré de vous faire pendre. La Reine m'a envoyé vous avertir.

—Nous allons partir immédiatement, et prendre des chemins séparés, dit Robin. Je ferai croire à l'aubergiste que nous allons vers Albans. C'est la deuxième fois que tu me sauves la vie, Richard Partington. Je m'en souviendrai.

—Adieu, Sire, répondit le page. Soyez prudent! Ils échangèrent une poignée de mains, et le garçon reprit la route de Londres.

Ils quittèrent l'auberge. —Bon, dit Robin, soyons malins. Will le Rouge, tu prendras la tête. Puis Robin serra la main de ses amis, et ils se séparèrent.

Peu de temps après, vingt soldats du Roi

"L'évêque a juré de vous faire pendre."

pénétraient dans l'auberge. Le tavernier leur dit que Robin et ses compagnons faisaient route vers Albans.

Will le Rouge, Allan et Petit Jean atteignirent Sherwood en huit jours, sans être inquiétés par les soldats du Roi. Mais Robin n'était pas là à leur arrivée. Il avait eu moins de chance qu'eux.

Quand l'évêque comprit qu'il avait été joué, il fit couper par ses hommes tous les accès à Sherwood. Le Shérif de Nottingham lui apporta son aide. Si ses amis avaient eu le temps de regagner Sherwood, Robin en était encore à une journée de marche, ignorant du danger qui l'entourait.

Alors qu'il s'était accroupi au bord d'une rivière pour se désaltérer, quelque chose siffla à son oreille et plongea dans l'eau à côté de lui. Rapide comme l'éclair, Robin sauta sur ses pieds, traversa la rivière, et s'enfonça dans les buissons. Il savait qu'une flèche l'avait frôlé, et qu'il mourrait s'il ne prenait pas la fuite.

En danger partout!

Six flèches sifflèrent encore derrière lui, et l'une d'elles l'aurait blessé gravement si elle n'avait été arrêtée par sa cotte de mailles. D'autres suivirent, mais Robin connaissait le terrain mieux que ses poursuivants, et il les distança bientôt.

Il avait parcouru un kilomètre quand il vit bientôt une autre compagnie sur une colline. Avant qu'on puisse le repérer, il fit demi-tour et courut jusqu'à épuisement.

Tandis qu'il reprenait son souffle derrière une haie, Quince le cordonnier vint à passer. Robin lui proposa d'échanger ses fins vêtements bleus contre son justaucorps grossier et rapiécé. Quince se dit que c'était une bonne idée même si les soldats du Roi devaient l'arrêter en croyant avoir affaire à Robin.

Robin était si fatigué qu'il ne pouvait plus avancer. Une tempête approchait, et il décida de dormir dans une auberge.

On pouvait partager une chambre dans les petites auberges, et lorsqu'il se réveilla le

Les soldats du Roi poursuivent Robin.

matin suivant un moine ronflait à ses côtés. Il enfila sa soutane et quitta les lieux.

Dans l'après-midi, il rencontra Sir Richard de Lea, un chevalier qu'il avait aidé quelques années plus tôt, quand celui-ci avait essayé de visiter Sherwood, mais qu'on l'en avait empêché.

Robin était maintenant pris entre deux feux, les hommes du Shérif devant lui, les soldats du Roi derrière, tous connaissant son déguisement. Le cœur lui manqua quand il comprit qu'il n'avait plus de place où se réfugier.

Mais Sir Richard lui offrit son aide. Il emmena Robin dans son château, lui donna le costume d'un de ses hommes, et le conduisit à la Reine Eléonore pour lui demander sa royale protection.

La Reine fut surprise, en vérité, quand Robin, sautant légèrement le mur, atterrit dans le jardin. Mais elle alla tout de suite voir le Roi, pour plaider sa cause.

Sir Robert, un ami de la Reine, vint dire à

Robin surprend la Reine.

Robin: —Sans la Reine, vous seriez mort à l'heure qu'il est. Retenez ces deux leçons: soyez plus honnête, et moins audacieux dans vos allées et venues, sinon vous finirez par tomber dans un piège. Vous avez fourré la tête dans la gueule du lion, et vous êtes sauf. N'essayez pas une seconde fois.

La Reine revint avec Edward Cunningham, le chef des pages royaux et annonça que celui-ci le mènerait en toute sécurité à Sherwood et veillerait à ce qu'il ne lui arrive rien.

Trois jours plus tard, ils se mirent en route. Ils croisèrent bien des soldats du Roi, qui rentraient à Londres, mais personne n'inquiéta les deux voyageurs. La Reine avait sauvé Robin. Le hors-la-loi suivit les conseils de Sir Robert, et ne s'aventura plus jamais si loin de Sherwood qu'il ne pût y retourner sain et sauf.

En sécurité loin de Londres.

Robin réveille Petit Jean.

Chapitre 18

Le diabolique Guy de Gisbourne

Bien des jours s'écoulèrent après le grand concours de tir, et bien des événements eurent lieu: le Roi Henry mourut, et Richard lui succéda sur le trône après des aventures aussi téméraires que celles de Robin des Bois. Mais aucun de ces changements ne troubla la tranquillité de la forêt de Sherwood, où la bande continuait à vivre comme toujours.

Un matin d'été, le chant des oiseaux éveilla Robin. Il secoua Petit Jean, et tous deux partirent en quête d'aventure. Petit Jean emprunta la route à main droite, Robin prit le sentier de gauche.

Cependant l'évêque de Hereford et le Shérif avaient engagé le diabolique Guy de Gisbourne, meurtrier et voleur notoire, pour capturer Robin mort ou vif. Ils promirent le pardon de ses crimes et une récompense de deux cents livres au brigand qui répondit que pour cette somme, il tuerait son propre frère.

Guy de Gisbourne portait, accrochée aux épaules, une dépouille de cheval encore pleine de poils, et il se couvrait la tête d'une capuche de la même peau, qui lui dessinait des oreilles dressées comme celles des lapins. Il était armé d'une énorme épée, aiguisée des deux côtés, d'un arc en bois, et d'une dague.

Robin rencontra par hasard ce monstre au cœur de pierre sur son chemin. Guy de Gisbourne le regarda férocement. Il rejeta sa capuche, découvrant des yeux noirs et arrogants, un nez crochu, une bouche fine et cruelle.

Robin le regarda du même air, puis s'écria:

Le diabolique Guy de Gisbourne

—Bandit sanguinaire, tu regardes la lumière du jour pour la dernière fois!

Chacun savait que l'un ou l'autre mourrait, il n'y avait pas de place pour la pitié.

Leurs épées étincelèrent. Bientôt, l'herbe, piétinée par leurs mouvements, fut mouillée du sang de Gisbourne. Celui-ci finit par infliger à Robin un coup qui aurait pu être fatal. Robin recula un peu, mais son talon buta contre une racine, et il tomba lourdement sur le dos. L'autre s'élança vers lui avec une grimace cruelle, mais Robin arrêta la lame de ses mains et la repoussa. Le fer s'enfonça dans ses paumes, mais ce réflexe lui donna le temps de se relever; il frappa alors Gisbourne sous la garde et le tua.

En retirant son épée, il murmura: —Je n'ai pas tué le garde forestier sans le regretter amèrement, mais toi, je me réjouis de t'avoir tué, Guy de Gisbourne.

Puis il enfila la dépouille, bien qu'elle fût pleine de sang, et ajouta à ses armes celles du

Robin tombe sur le dos.

mort. Il rabattit la capuche sur son visage et partit. Il voulait se venger du Shérif. Les gens s'écartaient sur son passage, car tous craignaient Guy de Gisbourne.

Pendant ce temps, Petit Jean avait été fait prisonnier par le Shérif, et il attendait la mort près de l'arbre où on allait le pendre. Voici ce qui s'était passé :

Petit Jean avait rencontré une vieille femme désespérée parce que le Shérif s'apprêtait à faire pendre ses trois fils pour avoir tué un chevreuil. Il avait le cœur sensible aux misères des autres, et voulut l'aider. Elle lui dit que le Shérif attendait le retour du brigand qu'il avait envoyé à la poursuite de Robin. Petit Jean se hâta de se déguiser en moine, et partit à leur recherche, car il craignait pour la vie de Robin. Il arriva près du chêne où les trois jeunes gens attendaient la mort, la corde déjà au cou. Il demanda s'il pouvait les confesser avant qu'on ne les pende. Sa barbe, ses cheveux étaient blancs, il marchait et s'expri-

Petit Jean secourt une vieille femme.

mait comme un vieillard. Il échappa donc au regard perçant du Shérif.

S'approchant des garçons, il leur murmura quelque chose à l'oreille, tandis qu'il coupait leurs liens. Le Shérif et ses hommes ne le virent même pas ajuster une flèche à son arc.

—Courez, cria-t-il tout à coup d'une voix puissante.

Les garçons firent glisser la corde de leur cou et disparurent dans la forêt. Petit Jean leva son arc meurtrier, mais lorsqu'il voulut bander la flèche, l'arc se brisa. Alors le Shérif se précipita sur lui et l'assomma. Quand il rouvrit les yeux, il avait les pieds et les poings liés. Etourdi par le coup, il était assis sur le sol contre l'arbre fatidique. Lorsqu' il leva la tête, il frémit. Devant lui se tenait le diabolique Guy de Gisbourne, les vêtements couverts de sang, et c'était le cor de Robin et son arc qu'il avait à la main. Des larmes roulèrent sur les joues brunes de Petit Jean, et il se dit qu'il serait bon de mourir puisque Robin avait été

Attaché avant la pendaison

tué. Mais le Shérif applaudit de joie. Le brigand dit qu'il voulait la tête de Petit Jean comme récompense, et il s'avança d'un air menaçant.

—Chut, Petit Jean, chuchota-t-il, tu ne me reconnaissais pas sous cette dépouille? Il le détacha, rejeta sa capuche, et souffla trois longues fois dans son cor.

Le Shérif crut cette fois que Robin était le diable en personne. Ni lui ni ses hommes n'étaient assez courageux pour affronter Robin des Bois et Petit Jean armés; ils préférèrent tourner la bride et s'enfuir.

Quand Will Stutely arriva avec une douzaine d'hommes déterminés, ils trouvèrent les deux compagnons seuls, et heureux d'être en vie.

Robin coupe les liens de Petit Jean.

Le cortège du Roi Richard

Chapitre 19

Le Roi Richard
se rend à Sherwood

Deux mois plus tard, tout le comté de Nottingham était en effervescence, car le Shérif attendait la visite du Roi Richard. Les rues pavées, ornées de bannières multicolores étaient envahies par les habitants de la ville et de la campagne. La procession royale entra dans la ville: venaient d'abord les joueurs de trompette, puis les chevaliers en armure, les pages au costume de soie et de velours, et enfin les soldats. Le Roi chevauchait aux côtés du Shérif; il le dépassait d'une tête, ses cheveux et sa barbe étaient blonds, ses yeux bleus comme l'azur. Il portait une large et lourde chaîne autour du cou.

Robin, frère Tuck, Petit Jean, Will le Rouge, Allan du Vallon, Will Stutely... Ils étaient tous là, mêlés à la foule pour acclamer le Roi. Ils lui étaient fidèles parce qu'ils trouvaient que ses actes ressemblaient aux leurs.

Au cours du grand festin qui se déroula dans la salle de la confrérie, le Roi pria le Shérif de lui parler de Robin des Bois. Mais celui-ci, et l'évêque de Hereford préférèrent garder le silence.

Alors le jeune Henry de Lea, un favori du Roi, raconta comment Robin avait un jour utilisé l'argent de l'évêque pour venir en aide à Sir Richard, son père. Bientôt, d'autres se mirent à raconter les aventures du héros.

Ce soir-là, Robin occupa l'esprit du souverain; Sir Hubert de Bingham en sourit et lui dit: —Il n'est pas impossible de le rencontrer, votre Majesté. Si nous nous déguisons en

Le Roi écoute les aventures de Robin des Bois.

moines aux bourses bien garnies, nul doute que nous ferons sa connaissance, et que nous dînerons avec lui à Sherwood avant que le jour ne tombe!

Le plan agréa au Roi, qui prit la route le matin suivant avec sept hommes. Plus tard dans la journée, alors qu'ils s'étaient enfoncés loin dans la forêt, le souverain s'exclama: —Je donnerais bien cinquante livres contre quelque chose à boire maintenant!

Il avait à peine fini de parler qu'un grand gaillard à la barbe et aux cheveux blonds, aux yeux bleus, sortit de derrière les buissons, et saisit son cheval par la bride.

—Je me dois de répondre à une telle requête, saint frère, dit Robin. Nous avons une auberge tout près d'ici, et pour cinquante livres, vous ferez un noble festin. Il siffla doucement, et six hommes apparurent à ses côtés.

—Inutile d'utiliser la force, dit le Roi d'une voix ferme, voici ma bourse.

—Oh, ironisa Robin, quelle noblesse dans

"Voici ma bourse."

tes paroles! Es-tu le Roi d'Angleterre pour parler ainsi? Allez, Will, prends-lui sa bourse.

Will s'exécuta et compta l'argent. Robin lui dit d'en garder la moitié et de rendre le reste. Lorsqu'il demanda au Roi d'ôter sa capuche, celui-ci répondit que des raisons religieuses l'en empêchaient, et Robin n'insista pas.

De son côté, Petit Jean avait pris la route avec six hommes, espérant également ramener un riche invité, mais il n'était pas encore rentré. Frère Tuck, quant à lui, était assis avec une quarantaine d'hommes robustes sous le grand arbre vert. Il souhaita la bienvenue aux moines, et ils burent à la santé du Roi Richard, le Roi y compris.

Puis vint le moment du sport. On fit une cible, une marque large de quatre doigts; quiconque la manquerait aurait droit à un coup de poing de Will le Rouge! David de Doncaster tira le premier, et il tira bien. Puis Midge le meunier, et Wat le rétameur. Toute la bande s'exécuta, quelques-uns s'en tirant à

A la santé du Roi!

bon compte, les autres gratifiés d'un coup de poing qui les envoya dans l'herbe.

Le Roi regardait attentivement leur chef; il espérait le persuader de se joindre à ses gardes. Mais c'était maintenant au tour de Robin. Sa dernière flèche, mal empennée, manqua son but.

—Allez, mon oncle, dit Will le Rouge de sa voix douce, j'ai quelque chose pour vous.

—Non, répondit Robin, j'irai chercher ma punition auprès du grand moine; s'il m'envoie mordre la poussière, je lui rendrai son argent.

C'est ce qui arriva en effet, et Will le Rouge était déjà en train de recompter l'argent quand Petit Jean pénétra dans la clairière, accompagné de Richard de Lea, et de six compagnons.

—Rassemble tes hommes, et venez avec moi, s'écria Sir Richard. Le Roi est dans la forêt à ta recherche. Viens dans mon château jusqu'à ce que tout danger soit écarté. Mais soudain il pâlit; puis il s'agenouilla devant le grand moine, reconnaissant en lui le Roi.

A genoux devant le Roi

Celui-ci ôta sa capuche, et tous se mirent à genoux. Le souverain réprimanda Sir Richard pour avoir voulu protéger un hors-la-loi, mais il se radoucit quand lui et son fils, Henry prirent la défense de Robin, comme il avait autrefois pris la leur.

Ce fut la dernière journée de Robin des Bois dans la forêt de Sherwood pour longtemps, car le Roi lui ordonna, ainsi qu'à Will le Rouge, à Petit Jean, et à Allan le ménestrel de l'accompagner à Londres. Chacun obtenait le pardon, et les hommes de la bande devenaient des gardes du Roi.

Après un an ou deux passés à la cour, Petit Jean rentra à Nottingham, et s'installa près de la forêt. Will le Rouge rentra chez lui. Robin fut fait comte de Huntingdon et suivit le Roi dans ses nombreuses campagnes. Allan et la belle Ellen vécurent à la cour aussi longtemps que Robin servit le Roi.

Mais Robin devait retourner à Sherwood pour un ultime combat.

Robin quitte Sherwood.

Retour à Sherwood des années plus tard

Chapitre 20

La mort de Robin des Bois

Le Roi Richard Cœur de Lion mourut bravement sur le champ de bataille. Peu après, le Comte de Huntingdon, ou Robin des Bois, comme on l'appelle communément, eut la nostalgie de ses forêts. Le Roi Jean qui succéda à Richard le laissa partir pour trois jours seulement à Sherwood.

Robin et Allan du Vallon partirent aussitôt, et pendant le trajet ils évoquaient le passé.

—Regarde, Allan, s'écria Robin, tu vois la marque sur cet arbre? C'était le jour où ta flèche a manqué le chevreuil et fait sauter un morceau d'écorce. La tempête s'est levée et nous nous sommes réfugiés dans la cabane du fermier!

Il semblait se souvenir de chaque branche, de chaque pierre, de tous les sentiers qu'il avait foulés avec Petit Jean, de tous les arbres qu'il avait pris pour cible.

Ils parvinrent enfin à la clairière et au gros arbre vert. Ils étaient silencieux. Robin regarda tout autour de lui. Tout était identique et pourtant différent, car tous les hommes qui avaient empli la clairière de leur agitation s'en étaient allés et le silence était retombé sur la forêt. Les yeux de Robin s'emplirent de larmes. Son cor pendait à son épaule; il le porta à ses lèvres.

Tirilia, lirilia, —les notes gagnèrent les chemins forestiers, s'affaiblissant doucement en écho.

Petit Jean qui vivait encore près de la forêt, cheminait perdu dans ses pensées, lorsqu'il

Le souvenir des choses familières émeut.

entendit dans le lointain le son affaibli d'un cor. Il poussa un grand cri, et fonça droit entre les arbres, courant à perdre haleine jusqu'à la clairière. En voyant Robin, il le serra si fort contre lui qu'il l'arracha du sol.

Dans une avalanche de branches sèches, sept gardes forestiers du Roi sortirent des buissons, Will Stutely en tête. Puis deux autres apparurent avec Will Scathelock et Midge le meunier.

Robin les regarda et dit: —Je jure de ne plus jamais quitter ces bois. Robert le Comte de Huntingdon est mort, je redeviens Robin des Bois.

Le Roi Jean était furieux. Il envoya Sir William Dale et le Shérif de Nottingham capturer Robin mort ou vif. Le Shérif mourut lors d'un combat sanglant, Sir William fut blessé, mais Robin était sauf. Pourtant la mort de nombreux compagnons le désola tant qu'il prit la fièvre.

Les gens croyaient à l'époque qu'on la

Petit Jean accueille Robin.

guérissait en saignant le malade; alors Robin chevaucha avec Petit Jean jusque chez sa cousine, la Prieure du couvent de Kirlees, habile dans cet art.

Mais celle-ci craignit de mécontenter le Roi en l'aidant. Alors elle ferma la porte à Petit Jean, et fit monter à Robin un escalier de pierre en colimaçon menant à une pièce située dans une haute tour. Là, elle lui fit un garrot, comme pour le saigner. Mais au lieu de cela, elle lui coupa une veine et l'abandonna à son sort, refermant la porte derrière elle. Robin eut beau appeler à l'aide, personne ne vint. Sa cousine l'avait trahi! Et Petit Jean qui ne pouvait l'entendre!

Robin perdait tant de sang, qu'il sentait ses forces décroître. Il tenait à peine debout et dut s'appuyer contre le mur pour atteindre son cor, dont il souffla trois fois, faiblement. Mais Petit Jean l'entendit, depuis la clairière où il l'attendait.

Fou de colère et de crainte, il souleva une

La Prieure emmène Robin dans la tour.

large pierre de taille, et enfonça la porte verrouillée du couvent.

Au craquement de la porte, les nonnes ef-
frayées, s'enfuirent. Petit Jean fonça vers la
tour, en força la porte d'un coup d'épaule. Il
bondit dans la pièce et vit Robin, le visage pâle
et exsangue, appuyé contre le mur de pierres
grises.

Il le souleva, et le posa doucement sur le lit.
Puis il essaya de stopper l'hémorragie avec
quelques bandages. Il cala Robin contre sa
propre épaule pour qu'il pût voir la forêt par la
fenêtre. Il essaya de le consoler, mais Robin
prit le poing rugueux de Petit Jean dans ses
mains blanches, et dit:

—Mon ami, nous n'irons plus marcher ensemble dans la forêt.

Petit Jean garda le silence. Des larmes
brûlantes coulaient de ses yeux.

Robin, qui suffoquait déjà, lui demanda de
tendre son arc, et d'y ajuster une flèche légère:
"Petit Jean, mon ami, regarde cette flèche que

Petit Jean enfonce la porte verrouillée.

j'envoie, et fais-moi enterrer là où elle se sera plantée.

Les dernières forces de Robin quittèrent son corps au moment où la flèche jaillit de l'arc. Ainsi mourut Robin des Bois en l'an 1247. L'air retentit alors des plaintes qui montaient de l'ombre de la forêt de Sherwood; mais les compagnons de Robin lui survécurent longtemps, et transmirent l'histoire de ses hauts faits à leurs enfants; et ceux-ci la transmirent à leur tour aux enfants de leurs enfants.

"Fais-moi enterrer où la flèche se sera plantée."

ACHEVÉ   D'IMPRIMER
EN   MARS   1997
SUR   LES   PRESSES   DE
PAYETTE & SIMMS INC.
À SAINT-LAMBERT (Québec)